NADOLIG, PWY A ŴYR?

NADOLIG, PWY A WŶR?

bwthyn
GWASG Y BWTHYN

ISBN 978-1-907424-50-2

Cyhoeddwyd gyda chymorth ariannol
Cyngor Llyfrau Cymru.

Cyhoeddwyd ac argraffwyd gan
Wasg y Bwthyn, Caernarfon
gwasgybwthyn@btconnect.com

Diolch i bawb sydd wedi cyfrannu at y llyfr hwn.
Diolch i Arwyn Davies am ganiatáu i ni ddefnyddio'r teitl
Nadolig, Pwy a Ŵyr? ar gyfer y gyfrol.
A Nadolig Llawen i bawb!

Sian Northey
DILYN SEREN *(tud. 11)*
Mae Sian wedi cyhoeddi cyfrolau o ffuglen i blant ac oedolion, ac mae hefyd yn barddoni. Ei llyfr diweddaraf i oedolion yw *Trwy Ddyddiau Gwydr*, cyfrol o gerddi a gyhoeddwyd fis Gorffennaf y llynedd. Yn wreiddiol o Drawsfynydd, mae bellach yn byw ym Mhenrhyndeudraeth gyda chi a dwy gath. All yr un Nadolig fyth guro Nadolig 1987 gan i Llinos, ei phlentyn cyntaf, gael ei geni y diwrnod hwnnw.

Jon Gower
AERON FFRES AR GELYN AWST
(tud. 22)
Brodor o Lanelli sy'n byw yng Nghaerdydd bellach, gyda llond tŷ o fenywod prydferth, sef ei wraig Sarah a'i ferched Elena ac Onwy. Yr anrheg Nadolig waethaf a gafodd oedd siwt Acker Bilk pan oedd ei ffrindiau i gyd yn cael siwtiau cowbois ac astronots. Y Nadolig perffaith yw'r un nesaf, gan fod ei blant yn dal i gredu yn Siôn Corn, ac yn y ddefod o adael mins-peis wrth y simne.

Meg Elis

'A DATOD RWYMAU . . .' *(tud. 36)*

Yn enedigol o Aberystwyth, yn awr yn byw yn Waunfawr, Caernarfon; bob tro mae'n ystyried symud, mae'n meddwl am symud ei holl lyfrau, ac yn aros lle mae hi. Cyfieithydd, awdur, a bellach yn stiwdant llawn amser unwaith eto, yn gwneud PhD mewn Ysgrifennu Creadigol yn Ysgol y Gymraeg, Prifysgol Bangor.

'Byddai'r Nadolig delfrydol yn dechrau efo Buck's Fizz, eog wedi'i fygu ac wyau wedi'u sgramblo. Yna gwasanaeth y Cymun Bendigaid, a gorau oll os cenir carolau/emynau gyda thipyn o sylwedd ac athrawiaeth ynddyn nhw. Cinio Dolig – dim llawer o ots gen i sut un, gan fy mod i wedi mwynhau llawer o rai traddodiadol, ond hefyd y stiw cig eidion di-lol gefais i un flwyddyn. Mi fydda i wedi gwneud y pwdin rhyw fis ymlaen llaw, a byddaf felly yn berffaith fodlon gadael i hwnnw fudferwi am gwpl o oriau, tra bod rhywun arall yn mynd ymlaen i goginio gweddill y cinio. Fi? Mi fydda i â 'nhraed i fyny yn darllen un o'r pentwr llyfrau y bydd fy nheulu annwyl wedi'u rhoi i mi'n bresantau . . .'

Mared Lewis

DOLIG GWYN *(tud. 48)*

Hogan o Fôn ydy Mared. Mae'n dod o Falltraeth yn wreiddiol ac yn byw yn Llanddaniel-fab erbyn hyn gyda'i gŵr a dau o feibion. Ar hyn o bryd mae'n awdur llawrydd llawn amser, ac yn tiwtora dau ddosbarth WLPAN i Brifysgol Bangor.

'Mae pob Dolig yn un delfrydol yn fy mhen tua mis Hydref, cyn i'r holl beth golli ei sglein ac i'r *Jingle Bells* fynd yn stwmp ar stumog! Wedi deud hynny, mae'r diwrnod ei hun yn fendigedig o normal rywsut, yn gysurus a braf, yn llawn synau bodlon ac arogleuon da. Mae eistedd i lawr noson Dolig yng nghwmni'r teulu efo glasiad o win a thwrci oer yng ngolau'r goeden yn un o deimladau gorau'r flwyddyn!'

Ioan Kidd
GEIRIAU CROES *(tud. 60)*

Brodor o Gwmafan yng Ngorllewin Morgannwg yw Ioan, ond mae'n byw yng Nghaerdydd ers blynyddoedd lawer. Wedi gyrfa hir ym maes rhaglenni plant a newyddion gyda BBC Cymru, mae'n gweithio ar ei liwt ei hun erbyn hyn. Yn awdur pump o nofelau ac un gyfrol o straeon byrion, enillodd ei nofel ddiweddaraf, *Dewis*, wobr Llyfr y Flwyddyn 2014 ynghyd â gwobr Barn y Bobl a gyflwynir gan golwg360.

Mae Ioan yn briod a chanddo ddau o blant sydd bellach yn oedolion. Does ryfedd, felly, fod y Nadolig wedi mynnu lle amlwg ar yr aelwyd erioed. Fel arfer, ar ôl treulio bore'r diwrnod mawr yn protestio bod gweddill y teulu wedi 'hala llawer gormod' arno unwaith eto, buan y daw i delerau â'u haelioni. Wrth i'r diwrnod fynd yn ei flaen caiff ei weld yn dychwelyd yn gyson at ei bentwr o anrhegion, yn wên o glust i glust! Bwyta'n dda, yfed a mwynhau cwmni'r teulu yw'r Nadolig perffaith iddo a gwybod pryd i ddod â'r rhialtwch i ben am flwyddyn arall.

Gareth Evans Jones
HO, HO, HO! *(tud. 72)*

Un o Farian-glas, Ynys Môn yw Gareth ac yno y mae'n byw o hyd. Graddiodd mewn Cymraeg ac Astudiaethau Crefyddol o Brifysgol Bangor yn 2012 ac mae wedi cwblhau gradd MA mewn Cymraeg ac Ysgrifennu Creadigol. Bellach mae wedi dechrau astudio ar gyfer doethuriaeth.

Daeth dwy o'i ddramâu'n fuddugol yng nghystadleuaeth cyfansoddi drama Cymdeithas Ddrama Cymru yn 2010 a 2012 a bu'n ddigon ffodus o ennill Medal Ddrama'r Eisteddfod Ryng-golegol yn 2012. Yn ogystal mae wedi sgriptio ychydig o ddarnau ar gyfer criw ieuenctid Theatr Fach Llangefni.

Ei Nadolig delfrydol yw'r un y mae'n ei ddathlu bob blwyddyn: yn cadw hen arferion unigryw, treulio amser efo teulu a ffrindiau, a gobeithio'n ddistaw bach am ychydig o eira.

Gwen Parrott
NEWYDDION DA O LAWENYDD
MAWR *(tud. 85)*

'Roces o Sir Benfro ydw i'n wreiddiol, ond dw i wedi byw ar yr ochr anghywir i Glawdd Offa ers dros chwarter canrif nawr gyda'm gŵr, sy'n feddyg teulu. Serch hynny, bûm yn ddigon lwcus i allu gweithio trwy gyfrwng y Gymraeg ar hyd yr amser, gan gyfieithu i gwmnïau rhyngwladol, a rhoi cynnig ar fathau gwahanol o ysgrifennu. Rhwng popeth, dw i'n credu i mi gwmpasu bron bob cyfrwng – llwyfan, radio a theledu – ac yn ystod y blynyddoedd diwethaf dw i wedi canolbwyntio ar nofelau. Y stori dditectif, yn ei holl amrywiaeth, yw'r maes sy'n fy niddori am fod y posibiliadau mor eang o ran lleoliad, cymeriad, cyfnod a strwythur. Yn wir, os digwydd i mi ysgrifennu stori o fath arall, bydd fy ffrindiau i gyd yn gofyn: "Ble mae'r corff, 'te?"

Fy Nadolig delfrydol fyddai un heb unrhyw baratoi ar fy rhan i – hoffwn fod ar long yn teithio i lawr afon Yangtze, gyda golygfeydd godidog ar bob tu, a rhywun yn rhoi cinio Dolig o mlaen i.'

Mari Elin Jones
CRACERS CARIAD *(tud. 98)*

Daw Mari yn wreiddiol o Dregaron, ond erbyn hyn mae'n byw mewn bwthyn bach yn Nhrefenter, ar droed y Mynydd Bach, gyda'i gŵr Gruffydd. Mae'n gweithio yn Llyfrgell Genedlaethol Cymru yn dehongli'r trysorau sydd yno i greu arddangosfeydd. Pan nad ydi hi'n gwneud hynny, mae'n siŵr o fod yn 'sgwennu neu'n pobi.

'Fy Nadolig delfrydol fyddai cael Michel Roux Jr yn dod draw i baratoi brecwast siampên i ni, cyn mynd ati i ymuno ag ef i goginio cinio Dolig pum cwrs! Ar ôl cinio mi fydden ni'n agor ein hanrhegion, cyn mynd i gael swper Dolig arall yn nhŷ Mam-gu.'

Bethan Jones Parry
ADFENT *(tud. 113)*

Yn enedigol o Langollen, cafodd Bethan ei magu yn Eifionydd gan fynychu ysgol gynradd Chwilog cyn symud i Ysgol Dyffryn Nantlle ac ymlaen wedyn i astudio'r gyfraith a newyddiaduraeth ym Mhrifysgolion Cymru yn Aberystwyth a Chaerdydd. Roedd yn un o gyflwynwyr newyddion cyntaf S4C, a bu'n ddarlithydd newyddiaduraeth yn y Coleg Normal ac wedyn ym Mhrifysgol Cymru, Bangor, lle bu'n gyfrifol am sefydlu'r cyrsiau newyddiadurol cyntaf erioed trwy gyfrwng y Gymraeg. Mae Bethan bellach yn byw ym Mhencaenewydd yn Eifionydd, yn briod a chanddi dri o blant.

'Cybolfa o'r dwys a'r difyr ydi'r Dolig i mi; cwmni'r teulu, hiraeth am deulu, gwasanaeth noswyl Nadolig yn Llanaelhaearn, sbrowts a'r stŵr blynyddol gan y plant am fod Siôn Corn yn dod â hosan i Wini'r gath!'

Menna Medi
Y GWYNT YN FAIN *(tud. 124)*

'Yn un o wyth o blant a bellach yn fodryb ac yn hen fodryb i bump ar hugain, mae pob Nadolig yn brysur ac yn ddrud!

O fod wedi fy magu yng Nghwm Cynllwyd ar droed Aran Benllyn, mae nifer o Nadoligau hefyd wedi golygu un peth – eira = cerdded, slejo, poeni am ddefaid coll, bod yn styc am ddyddiau a thaffi triog.

Dyma'r Nadoligau gorau erioed – amser lle'r oedd teulu a chymdogion yn cymdeithasu ac yn canu carolau, lle nad oedd traffig a lladron ar ein ffyrdd, a lle'r oedd cyfle i lechu'n braf o dan hanner dwsin o wrthbannau cyn dyddiau'r *duvet*.

O, ac roedd Siôn Corn bob amser yn dod dros Fwlch y Groes hefyd, cyn dod i lawr simdde Nathir i'n sbwylio.

Gwyn oedd ein byd.'

Dilyn seren

Doeddwn i ddim yn hapus mod i wedi cael fy newis i fod yn un o'r tri gŵr doeth. Roedd 'na lawer o bethau nad oeddwn i'n hapus â nhw yn yr ysgol, ond cael fy newis i fod yn un o'r tri gŵr doeth y Dolig hwnnw oedd un o'r rhai wnaeth fy mhoeni fwyaf am ryw reswm. Roedd o'n waeth na'r genod eraill yn sibrwd amdana i, ac yn waeth na chael cerydd am fy mod i'n rhythu allan trwy'r ffenest yn lle gwneud fy ngwaith. Wnes i ddim crio, dim ond gwthio gewin fy mawd i mewn i flaen fy mys yn galed, galed ac eistedd i lawr. Ond mi oedd yn fy mhoeni. Os nad oeddwn i'n cael bod yn Mair, ac mi oeddwn i'n ddigon call i dderbyn nad oedd gen i lawer o obaith o hynny, mi oeddwn i isio bod yn angel.

'Tri gŵr doeth mae o'n ddeud, 'de Mam. Nid tair gwraig ddoeth. Newch chi fynd i esbonio wrth Mrs Parry nad ydio'n iawn 'mod i'n gorfod bod yn un o'r tri gŵr doeth?'

'Wel . . .'

'Plis!'

A Mam, yn bwyllog fel arfer, yn mynd i nôl y Beibl oddi ar y silff ger y lle tân ac yn cael hyd i'r lle iawn ac yn dechrau darllen i mi.

'"Ac wedi geni yr Iesu ym Methlehem Jwdea, yn nyddiau Herod frenin, wele, *doethion* a ddaethant o'r dwyrain . . ."' Doethion mae o'n ei ddeud, sbia. Nid tri gŵr doeth. Pobl

11

ddoeth. Falla mai dynas oedd un ohonyn nhw. Falla mai merched oeddan nhw i gyd.'

Ac felly y ces i fy mherswadio i dderbyn penderfyniad castio Mrs Parry. A dyna pam 'nes i wrthod gwisgo barf ffug. Mi wnes inna yn fy nhro ddyfynnu'r Beibl i Mrs Parry ac esbonio wrthi mai gwraig ddoeth oeddwn i, nid gŵr doeth. Ac mi oedd hitha'n ddigon doeth i beidio dadlau. Neu efallai mai rhy brysur oedd hi a hitha'n ddiwedd tymor.

Ac mi fyddai Stanislavsky wedi bod yn falch o Mam a finna. Wrth i ni gerdded tuag at yr ysgol noson y cyngerdd mi wnaethon ni ddewis seren oedd fel petai'n union uwchben yr ysgol, un lachar, lachar. Mi oedd hi'n fwy llachar nag unrhyw seren arall y noson honno.

'Sbia, wraig ddoeth – dyna'r seren sy'n dweud 'tha ti lle i fynd. Heno mae'n rhaid i ti ddilyn honna.'

Ac wedi i mi roi fy aur ffug i'r baban Iesu ac i'r cyngerdd ddod i ben mi oedd y seren yn dal yna, ond wedi symud ychydig. Rhythais arni. Fy seren i oedd hi, a hi oedd yn dweud wrtha i lle i fynd. Mi oeddwn i yng nghanol pawb oedd yn sefyll wrth y drws ar ddiwedd y noson a Mam yn gogordroi yn rhywle. Roedd yna ormod o bobl a'u sgwrs yn ddim ond sŵn ac ambell air roeddwn i'n ei ddeall yn ei ganol. Cerddais oddi wrthynt ac i ddarn tywyllach o'r buarth i gael edrych yn iawn ar fy seren. Roedd giât fach y buarth yn union o fy mlaen. A'r seren yr ochr bellaf iddi hi. Roedd y giât fach yn arwain i'r llwybr cyhoeddus, oedd yn arwain i'r llwybr chwaral oedd yn arwain i ben y Foel. A'r seren yn dal o fy mlaen yr holl ffordd.

Mae'n syndod pa mor glir ydi fy atgof o'r noson honno. Dw i'n cofio rhyfeddu fod y llwybr chwaral yn arwain yn syth at y seren. Ond yna'n meddwl – mae'n rhaid fod yna ryw fath o lwybr i'r wraig ddoeth go iawn gan na fyddai ei chamel yn gallu dringo'r llethrau garw yn yr anialwch heb lwybr. Mae'n rhaid mai Duw oedd wedi gosod y llwybr a'r seren, ac wedi fy ngosod i a hithau ar ddechrau'r llwybr a rhoi rhyw bwniad bach i ni gychwyn. Dw i'n cofio dechrau teimlo'n oer, ac yna'n oerach fyth. Ond dal ati i gerdded tuag at fy seren wnes i. Roedd rhaid i mi'n doedd? Fi oedd y wraig ddoeth ac mi oedd hi yno i fy arwain. Er na wyddwn i'n union be oedd hi'n mynd i ddangos i mi. Ac yna, doedd dim posib gweld fy seren. Heb i mi sylwi, bron, roedd hi wedi dechra bwrw eira. Plu bach gwynion oedd yn fy rhwystro rhag gweld y seren ac yn gwlychu fy nghoron bapur. Felly, mi wnes i dynnu'r goron a'i rhoi yn ofalus yn fy mag gyda fy nghlogyn melfed coch.

Roeddwn i'n poeni braidd na allwn i weld fy seren. Ond os oedd y llwybr yn arwain at y seren cynt, a doedd y llwybr ddim wedi troi, yna mi oedd o'n mynd â fi tuag at y seren hyd yn oed os nad oeddwn i'n gallu ei gweld. A phan fyddai'r eira'n peidio mi fyddwn i'n gallu ei gweld eto, ac mi fyddwn i gymaint â hynny'n nes ati hi. Dw i'n dal i gofio rhesymu felly wrtha fi'n hun. A dyna pam y gwnes i ddal ati i gerdded, er fy mod i'n flinedig iawn erbyn hynny.

Mae'n rhaid mod i wedi eistedd i lawr i orffwys am ychydig gan mai eistedd yn yr eira oeddwn i pan wnaethon nhw gael hyd i mi. Dynion a chŵn yn fy amgylchynu a rhywun nad oeddwn i'n ei adnabod yn fy nghodi yn ei freichiau a'm cario i lawr oddi ar y Foel. A finna'n crio. A'r dyn diarth yn trio fy nghysuro, ac yn dweud y byddai popeth yn iawn rŵan ac y byddai Mam yn aros yn y tŷ amdana i. Ond nid crio am fod gen i ofn oeddwn i fel roedd pawb yn tybio, ond crio am fy mod i'n siomedig. Yn siomedig nad oeddwn i wedi gallu dilyn fy seren yr holl ffordd.

*   *   *

Bob hyn a hyn yn ystod y blynyddoedd mi fyddwn i'n meddwl am y noson yna, ond ddim yn aml. Mae'n siŵr mai'r ffaith ei bod hi'n noson cyngerdd Dolig wnaeth i mi feddwl amdani y diwrnod hwnnw yn Abertawe. Er doedd yna ddim posib gweld y sêr yn Abertawe. Ddim y sêr go iawn, o leia. Roedd yna sêr ffug rif y gwlith, yn disgleirio mewn ffenestri siopau ac ar bolion lampau ac ar frigau coed mewn tai cynnes. Sêr o bob lliw a phob maint, rhai trydan, rhai papur arian, rhai wedi'u gwneud o frigau ac o wlân gloyw. Ond mi oeddwn i, fel Mrs Parry gynt, yn brysur ddiwedd tymor. Rhy brysur i gymryd llawer o sylw ohonyn nhw. Ac mi oeddwn i wedi clywed y jôc 'Tri gŵr doeth? Dyna *ydi'r* wyrth yn y stori' ormod o weithia hyd yn oed i chwerthin.

Y munud y gorffennodd y cyngerdd mi ddiflannais. Wel, nid yn syth wrth gwrs. Fel prifathrawes dda roedd rhaid i mi ganmol pawb (hyd yn oed y rhai anghofiodd eu geiriau a'r rhai wnaeth ddim byd ond pigo'u trwynau), dymuno Nadolig Llawen i ambell riant roeddwn i'n ei gasáu, a gweiddi 'Wela i chdi tymor nesa' ar un neu ddau o'r plant y byddwn i'n reit hapus i Siôn Corn fynd â nhw i fyny'r simdde efo fo a'u gollwng allan o'r sled yn rhywle, unrhyw le heblaw fy nalgylch i. Ac yna mi oeddwn i ar fy mhen fy hun ar y buarth ac am eiliad mi edrychais i fyny yn disgwyl gweld fy seren. 'Callia, ddynas!' Dw i'n credu i mi ddeud hynny'n uchel. Tynnais ddarn o bapur o fy mag a'i ddarllen yng ngolau'r stryd wrth gerdded tuag at fy nghar: ffoil, tonic, rwbath i fam Alan, rwbath i Mr Smith (gwin?), papur lle 6, canhwylla hir, canhwylla bach, coffi . . . Y prynu petha diddiwedd oedd yn angenrheidiol er mwyn i bawb gael Nadolig llawen. A fi oedd yn gorfod ei wneud o. Y noson honno. Cyn mynd adra.

Taniais injan y car a gyrru tuag at ganol y dref a'r ganolfan siopa. Parcio. Dechrau prynu. Sefyll mewn ciw i gael coffi egwyddorol oedd wedi'i falu yno yn y siop yn fy ngŵydd. Gwthio dwy botel ychwanegol o win coch i fy masged rhag ofn. Llinell mewn beiro goch trwy'r peth ola ar y rhestr. A mwya sydyn mi oeddwn i wedi ymlâdd ac wedi cael digon o fod yng nghanol pobl. Ym mhen pella'r ganolfan siopa roedd caffi bychan â byrddau oedd yn esgus bod yn fyrddau tu allan. Doeddan nhw ddim, wrth gwrs, gan fod yna do ymhell uwch eu pennau. Cerddais oddi wrth y bobl oedd yn dal i wau fel morgrug amryliw a mynd i'r darn tawelach hwn o'r ganolfan. Eisteddais wrth un o'r byrddau bach ac archebu paned o de Earl Grey.

Syllais o'm cwmpas. Roedd pawb yn edrych yr un fath, rywsut. Er bod pawb yn wahanol, doedd yna neb yn denu fy llygad. Torf, criw o bobl roeddwn i'n ei weld, nid unigolion. A finna, er fy mod i wedi mynd i eistedd i un ochr dros dro, ddim yn teimlo fel unigolyn chwaith. Ac yna mi welis i hi. Hyd heddiw fedra i ddim deud be oedd yn wahanol amdani. Gwir, doedd hi ddim wedi'i llwytho â bagiau. Dim ond tusw o flodau gwynion yn un llaw a photel o win yn y llall. Ond roedd o'n llawer mwy na hynny. Mi oedd hi'n disgleirio. Dyna'r unig air i'w disgrifio. Roedd rhyw olau ynddi nad oedd yn neb arall. Ac mi oedd hi'n sefyll yn syth o fy mlaen, ac er bod yna gryn bellter rhyngom doedd yna neb yn sefyll rhyngddi hi a fi. Fel 'sa 'na lwybr clir tuag ati o'r fan lle roeddwn i'n eistedd. Trodd a gwenu arna i, ac yna troi i ffwrdd. Codais yn frysiog a gwthio darn punt o dan y soser i'r bachgen oedd yn gweini. Yr eiliad yr oeddwn i wedi gwneud hynny, bron fel petai hi'n aros amdanaf, dechreuodd y ferch ifanc gerdded oddi wrthyf. Roedd hi'n cerdded yn gyflym ac roedd gen i fagiau trymion oedd yn ei gwneud yn anodd i mi frysio. Roedd gen i ofn iddi hi ddiflannu i'r dorf ac i mi ei cholli. Ac mi oeddwn i'n gwybod ei bod yn bwysig fy mod yn ei dilyn, yn bwysig fy mod yn ei chyrraedd. Gosodais y bagiau ar lawr a'u gadael. Gwaeddodd rhywun ar fy ôl ond anwybyddais ef. Roedd hi wedi gadael y ganolfan siopa erbyn hyn ac yn brasgamu ar hyd y strydoedd culion sy'n

15

arwain i lawr tuag at y dŵr. Weithiau roedd hi'n pellhau oddi wrtha i, weithiau roeddwn i bron ddigon agos i alw arni, i'w chyffwrdd, efallai, petawn i'n rhedeg.

Dechreuodd fwrw eira. Gwthiodd y ferch ddisglair trwy griw o lafnau chwil yn canu 'I'm dreaming of a white Christmas' ac roedd rhaid i minnau neud 'run modd. Cynddisgybl oedd un ohonynt a phrin 'nes i oedi i'w gyfarch, ond erbyn i mi wthio trwyddynt roedd hi wedi diflannu. Doedd yna nunlle, bron, iddi hi fynd, dim ond i lawr y ffordd. Daliais ati i gerdded, dal ati am hir nes bod fy nhraed yn brifo a fy nwylo wedi fferru. Ond welais i ddim ohoni wedyn. Yn y diwedd eisteddais ar fainc a syllu i'r tywyllwch. Fanno roeddwn i pan ddaeth y plismon ataf.

Dw i ddim yn cofio'r sgwrs efo'r plismon ond fe aeth â fi adref. Adref i dŷ cynnes lle roedd fy ngŵr yn aros amdanaf. Ar ôl iddo orffen siarad â'r plismon clên, esboniais wrtho fy mod i wedi colli popeth roeddwn i wedi'i brynu, tri llond bag o neges, ac yna rhoi fy mhen ar fwrdd y gegin a beichio crio. Rhoddodd ei fraich amdanaf, fy arwain at gadair esmwyth ger y tân a'm sicrhau nad oedd ffoil a choffi a chanhwylla'n bwysig. A finna heb galon i ddweud wrtho fo mod i'n gwbod yn iawn nad oedd ffoil a choffi a chanhwylla'n bwysig. Eisteddais yno'n ddistaw yn edrych ar y fflamau a gwrando arno fo ar y ffôn efo rhywun yn trafod yr hyn oedd wedi digwydd.

'Mae hi wastad mor gall. Wedi bod erioed. Byth yn gwneud petha od. Mae hi wedi bod yn gweithio'n galed tymor yma, ond dw i ddim yn dallt be ddigwyddodd.'

A finna'n eistedd yno'n meddwl tybed ble'r aeth yr hogan ifanc oedd yn disgleirio. Ac yn drist, yn drist tu hwnt i ddagrau, nad oeddwn i wedi gallu ei dilyn i ble bynnag yr aeth.

*   *   *

Mae o wedi marw bellach, fy ngŵr. Weithia dw i'n meddwl mai fo sy'n dod trwy'r drws pan ddaw'r mab yma i'm gweld. Ond dim ond am eiliad. Ac yna dw i'n cofio, ac yn sylweddoli mai Osian sydd yna, a'i fod o'n hanner cant a phump. Neu falla'i fod o'n hanner cant a chwech bellach. Mis Mehefin mae'i ben-blwydd o, beth bynnag. Yr ail ar bymtheg. Mae'n siŵr y daw Osian yn y dyddiau nesaf. Mae o wastad yn dod cyn Dolig. Weithiau mae Tracey yn dod efo fo, neu un o'r hogia. Er, wnaethon nhw ddim dod y llynedd. Dw i ddim yn siŵr a wnaethon nhw ddod y flwyddyn cynt. Fi 'di'r bai, falla, yn mynnu symud nôl i'r gogledd ar ôl ymddeol. Ac mi oedd gen i bob math o gynllunia, ond wnes i ddim ohonynt bron. Wnes i ddim hyd yn oed mynd am dro i ben y Foel. Peth brau ydi iechyd. Er, dw i'n ffodus, dw i'n well na llawer yma. Dyna pam mod i wedi cael fy newis i fod yn rhan o ddrama'r geni. Syniad yr hogan ifanc 'na sy'n dod i ddeud storis, a sgwennu, a chanu efo ni ar bnawn dydd Iau oedd o. Hi benderfynodd y bydda fo'n syniad da i ni actio stori'r geni. Ches i ddim bod yn Mair tro 'ma chwaith a doeddwn i ddim isio bod yn angel.

'Un o'r doethion, plis. Yr un sy'n cario'r aur.'

Ac fe gawsom sgript a'n llinellau ni wedi'u marcio mewn lliw. Ac roedd rhaid eu dysgu. Mi oeddwn i'n gorfod dweud: 'Dowch. Dacw seren ddisglair. Rhaid i ni ei dilyn hi.'

Roedd rhywun wedi trefnu bod yna seren fawr yn symud o un pen y stafell i'r llall trwy dynnu cortyn. Ond doedd yna neb yn gallu gweld y cortyn. Roedd rhaid i'r seren symud yn araf gan fod Desmond, yr un oedd yn cario'r thus, yn ddibynnol ar ffrâm. Ond wrth i ni gerdded tuag at y baban Iesu roedd yna gerddoriaeth ddwyreiniol ac fe wnes i ailadrodd 'Dowch. Rhaid i ni ei dilyn hi,' er nad oedd hynny yn y sgript, ddeud gwir.

Ac ar y diwedd roedd pawb oedd yn gallu gwneud yn rhoi bow i'r gynulleidfa a'r rheini'n curo dwylo. Wedyn roedd panad a mins-peis i bawb, ac roedd yna awyrgylch mor braf fel nad oeddwn i'n poeni am chydig nad oedd Osian wedi llwyddo i ddod er iddo ddweud y byddai'n trio. Ond yna, fe ddaeth rhyw don o dristwch drosta i a dw i'n gwbod bellach pan dw i'n teimlo felly ei fod o'n well i mi fynd i fy stafell a bod ar fy mhen fy hun am chydig.

Mynd ar hyd y coridor oeddwn i pan welis i fod y drws tân ar y pen yn gorad. Rhywun o'r staff wedi picio allan am smôc eto, mae'n rhaid, a heb ei gau. Tydyn nhw ddim fod i neud ar ganol shifft, wrth gwrs, ond pwy wêl fai arnyn nhw. Roeddwn i'n gallu gweld blaen coch y sigarét yn disgleirio yn y tywyllwch ond pan es i allan trwy'r drws doedd yna ddim golwg o neb. Roeddwn i ar fin troi yn ôl pan welais i'r golau chydig lathenni i ffwrdd. Roedd o'n fwy oren na choch erbyn hyn, a chydig yn fwy na blaen sigarét.

Cerddais yn araf tuag ato ac fe symudodd y golau ymhellach. Roedd yn oleuach fyth erbyn hyn, yn felyn, ddeud gwir, ac roedd o'n symud tuag at y giât ar waelod y lôn sy'n arwain i'r lôn fawr. Wrth iddo symud oddi wrtha i mi oedd o'n mynd yn fwy ac yn fwy disglair. Ac roedd rhaid i mi ei ddilyn, yn doedd? Roeddwn i'n llawn sicrwydd. Yn llawn sicrwydd y byddwn yn llwyddo i ddilyn y golau yma i ble bynnag roedd o'n mynd. Aeth y golau trwy'r giât, a finnau ar ei ôl er fy mod i wedi cael cryn drafferth i'w hagor.

Lleufer, dyna oedd o. Dwn i ddim o ble daeth y gair yna i fy meddwl, ond roedd o'n air da. Gair oedd yn mwytho fy nhafod wrth i mi ei ailadrodd. Roedd pob math o eiriau a hanner brawddegau'n mynd trwy fy meddwl, a phob un ohonynt yn bwysig. Llewyrch i'm llwybr. Seren. *Serendipity*. Seren y Fuwch. Fel pe bawn i'n chwil, am wn i, neu o dan ddylanwad rhyw gyffur. Twinclo! Dyna oedd y golau'n ei wneud. Twinclo, twinclo, twinclo.

Dechreuais ganu i mi fy hun. 'Twinkle, twinkle little star, how I wonder . . .'

Ac fe ddiflannodd y golau. Ac mi oeddwn i ar fy mhen fy hun ar y lôn dywyll. Ac unwaith eto doedd gen i ddim dewis, dim ond dal ati i gerdded. Bron nad oeddwn i'n disgwyl iddi ddechrau bwrw eira, ond wnaeth hi ddim tro 'ma. Dim ond dechrau bwrw glaw. Ac mi oeddwn i'n oer, oer, a rhan ohona i'n gwbod mod i'n neud peth gwirion. Ond rhan arall ohona i'n gwbod efo sicrwydd digamsyniol fod y seren, y golau, beth bynnag oedd o, yn mynd i fy arwain i rywle gwell. Roedd yn rhaid i mi ddal ati y tro yma.

Dwn i ddim am faint y bûm i'n cerdded yn y tywyllwch yn y gobaith y byddwn yn gweld fy seren o fy mlaen eto. Roedd o'n teimlo fel oriau, ac eto doeddwn i ddim wedi cael cerdded hanner digon hir pan ddaeth y car heibio ac aros wrth fy ymyl.

'Mam! Be gythrel dach chi'n neud?'

Ac yna Dona, sy'n rhyw fath o fetron yn y cartref, yn camu allan o'r car, yn rhoi ei braich am fy sgwyddau ac yn siarad yn gleniach efo fi.

'Dowch, Mrs Parry. Dowch i mewn i'r car ac fe awn ni â chi adra.'

Petrusais a cheisio symud yn rhydd oddi wrth ei braich.

'Dowch rŵan, mae'n amser mynd adra. Mae pawb arall yno ac maen nhw wedi cael treiffl i de.'

Roeddwn i isio esbonio ond allwn i ddim. Ac mi oeddwn i'n oer, oer ac yn flinedig, ac wedi dechrau amau efallai na fyddwn i'n gweld fy seren eto. Gadewais i Dona fy arwain a fy rhoi i eistedd yn sêt gefn y car. Mae gan Osian gar da efo'i waith ac mi oedd hi'n gynnas yno, ond mi oeddwn i'n difaru yr eiliad yr eisteddais i lawr ar y sêt gyfforddus yn y gwres a chlywed sŵn y drws yn cau, a chlic bach arall wrth i'r drws gael ei gloi.

'I ble oeddech chi'n mynd, Mam?'

Mi allwn i ddeud o'i lais nad oedd ganddo fo ddiddordeb go iawn, ond mi oeddwn i am esbonio beth bynnag.

'Dilyn y seren oeddwn i, Osian. Ti'n gwbod, y seren welis i pan oeddwn i'n hogan fach. Dw i wedi deud y stori honno 'tha ti'n do?'

'Do. Ganwaith.'

'Welis i hi wedyn hefyd 'sti. Pan oeddat ti'n hogyn bach. Cyn i mi fynd yn sâl. Ac mi oedd hi yna heno hefyd. Ac mae o'n bwysig mod i'n ei dilyn hi.'

Petrusais am ennyd.

'Wnei di yrru lawr ffor'cw, Osian. Plis. Dw i'n meddwl mai ffor'cw mae hi wedi mynd. Ac mae'n rhaid i mi . . .'

'Gwrandewch, Mam, does 'na ddim blydi seren. Wn i ddim be welsoch chi heno, na phan oeddach chi'n ferch fach. Ond does yna ddim seren.'

Baciodd y car yn wyllt i mewn i adwy cae er mwyn troi rownd.

'Plis, Osian.'

'Chi'n ffwndro. Gweld pethe. Steddwch yn y fan yna'n ddistaw. Does. Yna. Ddim. Seren.'

Gwasgodd ei droed i lawr yn galed ar y sbardun ac fe allwn i glywed mwd a cherrig yn taro gwaelod y car wrth iddo droi yn y cae. Llithrodd y car i'r ochr ac yna symud yn ei flaen.

'Maen nhw'n deud dyddia 'ma, Mr Parry, mai'r peth gora ydi cyd-fynd efo'u realaeth nhw,' meddai Dona yn ei llais addfwyn.

Trodd rownd yn ei sêt i fy wynebu i.

'Falla y daw hi eto ychi, Mrs Parry. Mae hi'n goblyn o oer a gwlyb i chi fod yn cerdded heno, a falla y bydda'n rhaid i chi fod wedi cerdded ymhell iawn yn dilyn y seren 'na. A chitha heb gôt na sgarff na menig.'

Atebais i mohoni.

Aeth yn ei blaen a'i llais yn suo'n undonog. Roedd yn fy atgoffa o'r llais a ddefnyddiwn i dawelu plentyn a gâi sterics yn yr ysgol ers talwm. Doedd hi ddim yn gallu gweld mod i'n crio. Crio'n ddistaw roeddwn i, doeddwn i ddim isio i Osian sylweddoli bod ei fam yn crio, ond roedd dagrau'n powlio i lawr fy mochau.

'Awn ni'n ôl i Fryn Braf, ac mi gewch chi ddillad sych, a the. Ac fe gewch chi eistedd wrth y ffenest rhag ofn i chi ei gweld hi eto'n 'te.'

A dyna pam dw i'n eistedd yn fama yn rhythu trwy'r ffenest bob nos ers dechrau Rhagfyr. Jest rhag ofn. Annhebygol iawn, dw i'n gwbod. Deirgwaith mewn oes dw i wedi gweld y seren, felly does yna ddim llawer o obaith y gwela i hi ddwy flynedd yn olynol. Ond rhaid i mi edrych, rhag ofn. Fyswn i byth yn maddau i mi fy hun petawn i'n ei cholli hi. Ac os gwna i ei gweld hi eto fe fydd rhaid i mi ei dilyn hi tro 'ma, beth bynnag ddigwyddith. Mae 'na broblem, wrth gwrs. Maen nhw'n cloi drws fy stafell rŵan. Ond falla yr agorith y drws y tro nesa y daw'r seren. A falla na fydd rhaid i mi gerdded. Falla y bydd gen i gamel.

Aeron ffres ar gelyn Awst

'Mi wellaf pan ddaw'r gwanwyn.' Dyna oedd ei chredo hi drwy gydol y blynyddoedd creulon-hir o ddioddefaint. Hi, Mattie Hughes, yn fam i dri o blant ac yn fenyw gafodd ei rhidyllu gan gancr dros gyfnod o ddegawd.

Dawnsient oddi mewn iddi, y celloedd canseraidd gwallgo, gan greu ffandango wyllt, yn dawnsio tangos dieflig yn ymysgaroedd ei chorff, a'r gwaith llawfeddygol i gael gwared â'r tyfiannau'n gadael tyllau yn ei chnawd fel llygoden yn bwyta drwy groen darn o gaws Caerffili. O, y poen! Cafodd ddegawd dieflig oedd yn greulon o sur ac anodd iddi. Ond byddai Nadolig fel greal iddi, bob blwyddyn yr un fath. Rhywbeth i edrych mlaen ato, rhywbeth i anelu ato, er mwyn dathlu gwyrth ac urddas ei bodolaeth ei hun.

'Os galla i fyw i weld y Nadolig, galla i fyw i weld Gwanwyn arall ar ôl hynny,' byddai'n dweud, mewn llais oedd wedi gwanhau'n arw oherwydd y straen a'r cemegau. Ond roedd 'na rywbeth am y Nadolig, yn enwedig yn ei fersiwn Dickensaidd hi, oedd yn gwneud iddi wella chydig bach, gwella digon i fwyta mins-peis a phowlenni o blwm pwdin, a hithau, Mattie druan, wrth ei bodd yn arllwys brandi tsiep dros y peth, a chynnau matsien, a gweld y fflamau bach glas yn rhaeadru i lawr tuag ochr y ddysgl â diléit yn pefrio o'i llygaid sâl.

Ond eleni, ar ôl clywed prognosis damniol Mr Azul nid oedd ganddi'r un math o obaith, heb fawr o awydd na dymuniad cyrraedd Nadolig na gwanwyn arall. Yn ei ffordd fwyaf proffesiynol – sef yr un fwyaf oeraidd a dideimlad – rhaffodd yr arbenigwr yr holl eiriau a olygai fod bywyd yn dod i ben. 'Metastasis . . . Swollen lymphs . . . No longer in remission.' Mantra o eiriau a chymalau i oeri'r gwaed. Y gwaed lle roedd y celloedd gwyn yn colli'r frwydr.

Ymgasglodd ei phlant mewn uwch-gynhadledd deuluol ar frys, a hynny yn y lle arferol, sef Coffee Number One yn agos i orsaf reilffordd Caerdydd Canolog, oedd yn golygu bod Ben yn medru dod i lawr o Dreorci; Catrin, oedd yn byw yn Ponty, yn medru ymuno ag e ar yr un trên ac yna byddai Macs, oedd megis penteulu, yn dod mewn cab, yn syth o ryw gyfarfod lle byddai wedi gwneud pres. Gweithiai Macs yn y byd teledu, er nad oedd Ben, oedd yn weithiwr cymdeithasol, yn derbyn taw gwaith go iawn oedd gwneud rhaglenni, yn enwedig o weld y fath sothach a sbwriel oedd yn llenwi'r sgrin fach y dyddiau yma. Ond er gwaetha'r ffrithiant rhwng y ddau, roeddent yn frodyr ac yn ffrindiau, a'r ddau ohonynt yn dotio ar eu chwaer, oedd ynghanol problemau priodasol, ac angen cymorth a sensitifrwydd.

Am unwaith roedd Macs yno o'u blaenau. Cododd i roi cwtsh i'r ddau cyn cynnig prynu rownd o goffi cryf o Guatemala. Ar ôl iddynt eistedd dyma fe'n datgan yn blwmp ac yn blaen ei fod am i'r Nadolig ddigwydd yn gynnar eleni, yr wythnos ddilynol – a bod yn egsact – ac ar ôl esbonio'i ddymuniad dyma fe'n dechre esbonio'r cynllun yn fanylach. Syllodd y ddau'n gegrwth arno fe wrth iddo esbonio sut y byddai'n bosib cael llwyth o eira ffals gan ryw gwmni yn swydd Gaerloyw oedd yn cynhyrchu'r stwff o bapur . . .

Ar ôl iddo orffen y llith, dyma Ben yn edrych yn syth i'w

lygaid a gofyn, 'Wyt ti o ddifrif am hyn, frawd? Dy fod yn mynd i ail-greu'r Nadolig ym mis Awst?'

'Ein bod ni'n mynd i ail-greu'r Nadolig, ydw wir. Mor sicr nes fy mod wedi canslo'r garafán yn y Steddfod . . .'

'Canslo? Y garafán? Scersli bilîf, Macsen.'

'Ma' Mam yn mynd i gael y Nadolig gorau erioed. Reit ynghanol wythnos yr Eisteddfod . . .'

Llogodd Macs yr Universal Effects 500 Mega Snow Cannon gan gwmni yn Nhrefyclo, a chyrhaeddodd y diwrnod wedyn gyda gwybodaeth fanwl am yswiriant atebolrwydd cyhoeddus a ble i'w osod er mwyn cael yr effaith orau. Daeth ei blant i gyd i'r ardd er mwyn treialu'r peiriant, oedd yn chwistrellu plu o bapur ac wedi'i ddefnyddio'n hynod lwyddiannus – yn ôl y tystiolaethau lu ar y ffurflen hysbysebu – mewn sawl ffilm ac amryw o ddathliadau cyhoeddus.

'Sefwch nôl blantos, nes i mi danio'r bwystfil.' Chwarddodd y plant o weld y bachgen bach yn camu o du mewn eu tad a chlywed y crwtyn hefyd yn ei lais. Roedd yn egseited reit! Gwasgodd y botwm oedd yn dweud *Maximum Effect* a dyma'r eira'n dechrau chwyrlïo o gwmpas yr ardd, yn araf i ddechrau ac yna'n gyflym ac yn drwchus, fel niwl ond yn fwy solet, ac yn mynd gyda'r awel yma a thraw, cyn glanio'n osgeiddig a heb siw na miw. Tra oedd hyn yn digwydd dyma Macs yn arllwys llond bag o eira ffug ar hyd y border bach ac yna'n gwlychu'r dail ar y goeden leilac cyn taflu ambell lond llaw o'r stwff i lanio a glynu ar y dail gwlyb.

'Arbrawf llwyddiannus,' mentrodd Macs, er bod y plant wedi'u siomi braidd nad oedd yn bosib adeiladu dyn eira na thaflu peli at ei gilydd.

Yn y cyfamser, roedd Ben wedi ymweld â Mrs McTaggart, rheolwraig Bryn Gobaith, lle roedd ei fam bellach yn byw. Er bod iddi'r enw o fod fel dreiges gwyddai Ben fod angen bod yn tŷff iawn i wynebu'r galar beunyddiol, a'r problemau diben-draw oedd yn dod gyda'r swydd. Esboniodd y cynllun iddi fesul rhan.

'Gorchuddio'r lawnt a'r gerddi ag eira ffug. Fi'n gweld.'

'A chriw o bobl yn troi lan i ganu carolau. Yng nghanol Awst. Wrth gwrs. Hollol naturiol.'

'A threfnu bod cinio Nadolig i bawb, gyda thwrci a Brussels sbrowts a'r trimins i gyd. A dwi'n siŵr y bydd angen coeden. Grindwch, Mr Hughes, mi wnewn ni drefnu hwnna. Dyna fydd ein cyfraniad ni. Ma' gen i angel i'w roi ar y brigyn uchaf 'yd.'

Gwawriodd dydd Nadolig, y pedwerydd o Awst, 2013. Gwyddai pawb nad oedd Mattie yn dihuno'n blygeiniol oherwydd y tabledi a'r cyffuriau, felly roedd dwy awr gyda nhw i neud eu trefniadau olaf, gan gynnwys gosod yr anrhegion dan y goeden. Ers iddi glywed bod y Nadolig yn nesáu roedd golwg well ar eu mam, ei hwyneb yn llai salw, canhwyllau bach o obaith yn llosgi yn ei llygaid gwan.

'Sdim byd gwell na'r Nadolig, yn enwedig am fod y gwanwyn ar y ffordd, y lili wen fach ar fin dod lan drwy'r pridd fel gwaywffon werdd.'

''Na ffordd bert o weld pethau,' awgrymodd Catrin, gan ddal yn dynn yn llaw chwith ei mam, a'i gwasgu drosodd a throsodd, fel rhywun yn gweithio toes.

Roedd y goeden yn un ysblennydd, gyda rhaffau o oleuadau coch a gwyn, a rhubanau o dinsel amryliw ac angel llacharwyn, oedd yn hedfan ar adenydd o silc arian. Bu'r staff nos yn brysur yn addurno'r coridorau, a'r ystafell ginio, ac roedd nifer ohonynt wedi prynu anrhegion i'w rhoi i'r cleifion, nid yn unig i Mattie, ond i bob un ohonyn nhw, ac roedd 'na ysbryd go iawn o roi, o garedigrwydd, o feddwl beth fyddai rhywun arall yn dymuno'i weld wrth ddadlapio presant.

Bellach roedd y lawnt dan orchudd o eira artiffisial, dwy fodfedd a mwy, neu bedair sach 20 cilogram o Snowcel Powder ac roedd Catrin wedi taenu haenen denau o Frost Freeze ar y ffenestri, oedd yn edrych fel petai Jack Barrug wedi bod wrthi'n ddygn yn y nos. Erbyn i Ben hongian y clychau eira plastig oddi ar bob silff ffenest roedd y lle'n edrych fel canol gaeaf, er bod y rhith wedi'i chwalu gan fan hufen iâ yn chwarae miwsig drwy uchelseinyddion wrth fynd ar batrôl i lawr Stryd y Wenallt.

Recordiodd Ben werth diwrnod llawn o raglenni Radio Cymru ffug mewn stiwdio fechan o'r enw Sounds Delightful oddi ar Dumballs Road. Bu rhai o'r cyflwynwyr yn werth y byd, gyda Caryl Parry Jones yn smalio cyflwyno sioe foreol yn llawn carolau a siarad gwag am dyrcwn, a hyd yn oed ambell westai arbennig, gan gynnwys Idris Charles, yn siarad am arferion Nadolig rownd y byd a Siân James yn edrych mlaen i'r Plygain yng ngogledd sir Drefaldwyn. Ac i goroni'r cyfan dyma Huw Edwards ei hun, ie, y duw ymhlith newydd-iadurwyr, yn recordio bwletin newyddion ffug, yn trafod neges y Frenhines, a byrdwn yr hyn ddywedodd y Pab yn y Fatican, a sut y bu gwerthiant yn y siopau dros yr Ŵyl, a pha rai oedd â sêl yn dechrau ar ddydd San Steffan.

Nid peth hawdd oedd trefnu bod aeron ar y celyn, a hithau'n fis Awst; ond roedd Ben wedi cael brên-wef a hanner drwy gysylltu â'i gefnder Angus, oedd yn gweithio fel peilot i gwmni SAS ac yn hedfan i bob cwr o Lychlyn a dwywaith i Rwsia bob wythnos. Cytunodd Angus i ddod â bwnsh mawr o gelyn nôl o dre Kuusamo, a chael caniatâd arbennig gan y Weinyddiaeth Amaeth i fewnforio'r aeron. Ar y dechrau, roeddent yn gyndyn o ganiatáu hyn, yn enwedig o gofio'r bygythiadau i'r onnen, ond ar ôl i Angus nodi bod nifer fawr o adar yn cyrraedd Prydain bob blwyddyn yn cario aeron tebyg yn eu stumogau, dyma nhw'n cynnig trwydded arbennig iddo – ar un amod – ei fod yn llosgi'r dail a'r celyn jest ar ôl y Nadolig, erbyn mis Medi, rhag ofn. Yn briodol ddigon, cyrhaeddodd y celyn mewn bwndel mawr ar gar llusg, y tu ôl i bedwar carw Llychlyn, a rhaid oedd iddo gyfaddef ei fod wedi'i siomi nad enwau megis Prancer a Vixen oedd ganddyn nhw.

Dyna ddiwedd y rhan gyntaf o siwrne hir y celyn a'r aeron. Hedfanodd Angus wrth ei hunan mewn Skystar Jetstream o'r maes awyr yng Nghaeredin er mwyn i'r celyn edrych ar eu gorau, ac roedd e eisiau mwynhau'r Nadolig ychwanegol hwn, oherwydd roedd yn hoff iawn o fins-peis, a sieri a phwdin blasus 'da hufen brandi. Ac yn ffond iawn o'i fodryb, er nad oedd wedi'i gweld hi am ddegawd a mwy, a'i gefndryd yn weddol estron iddo hefyd.

Oherwydd ei fod wedi gorfod llogi'r awyren am 24 awr, roedd ganddo amser i lanio yng Nghaerdydd a chlymu uchelseinyddion ar adenydd yr awyren er mwyn chwarae synau Nadoligaidd. Dyma glywed clychau a llais Bryn Terfel, eto wedi'u recordio'n arbennig, yn canu 'Ho, ho, ho!' ac 'O deuwch, ffyddloniaid'. Roedd y system yn gweithio'n ar-dderchog oherwydd roedd pobl o Grwbin oedd yn aros yn Departures nid yn unig wedi adnabod llais y maestro, ond hefyd wedi clywed pob gair yn glir a hyd yn oed wedi ymuno yn y gytgan. Dyna i chi gorws swreal! Dyna i chi ganu â gysto! Byddai'r côr byrhoedlog hwn wedi ennill yn y Genedlaethol heb os nac onibai.

Ond . . .

Nid oes unrhyw Nadolig yn dod a mynd heb ffrae deuluol, o'r un gyntaf 'na ddiwedd y bore pan mae'r tad wedi bolio cwrw a'r fam dan straen wrth baratoi'r bwyd, neu'r un jest cyn cinio wrth i'r plant gwyno'u bod nhw wedi cael y teganau anghywir, neu fod 'na ddim digon o fatris, neu ddim batris o gwbl, neu'r cwmpo mas mwy dwys am ryw gyfrinach ddofn sy'n dod i'r amlwg cyn cyrraedd y mins-peis. Yna'r ymladd dros *remote control* y teledu, neu'r ffraeo pan mae aelodau hŷn o'r teulu'n ceisio chwarae *charades* heb wybod y rheolau, neu heb wybod pwy yw Bruce Willis na beth yw Hobbit, ac yn sicr heb gliw am *Grand Theft Auto* pan maen nhw'n ceisio dyfalu o fewn y categori newydd hwnnw, sef gemau cyfrifiadurol.

Pan mae'r llestri'n gorwedd yn farw ac yn oer yn y sinc, a'r tad yn chwyrnu, a'r plant yn dechrau chwarae â'r teganau gafon nhw'r flwyddyn cynt, mae'n eitha sicr y bydd rhywun yn dihuno yn y bore yn chwilio am faddeuant. Ac oherwydd ei fod yn gyfnod y Nadolig mae maddeuant yn y gwynt, yn dawnsio yn yr awel, ynghyd ag atsain clychau bach.

Ond pan mae'r ffeit yn dechrau mae'n ffeit go iawn, Nadolig ai peidio.

Mae'n dechrau'n ddisymwth a thros fawr o ddim byd, a dweud y gwir. Edrychodd Macs ar y plât ar y llawr o flaen y 'lle tân' oedd yn cynnwys mins-peis a sylweddoli bod un yn eisiau.

'Pwy fwytodd y mins-pei, y blydi mins-pei ma' Siôn Corn i fod i'w fwyta ond fi sy'n ei gael e achos fi yw'r penblyditeulu ac nad oes unrhyw barch 'da chi ata i o gwbl? Byta'r mins-pei dan 'yn nhrwyn i. Rhag eich blydi cywilydd!' Cochodd wrth godi ei lais drwy sawl octef. Coch drwy biws, yna ei fochau'n troi'n lliw mwyar duon anaeddfed.

Syllodd pawb arno fe'n gegrwth wrth wrando ar ei deirêd,

a gweld ei wyneb yn newid lliw fel hen thermomedr meddygol. Coch, cochach, coch-fel-y-diawl.

Yn enwedig oherwydd nad oedd unrhyw un wedi cymryd y mins-pei. Ond ni chafodd Ben gyfle i esbonio'r pethau rhyfedd ddigwyddodd dros nos oherwydd bod ei frawd wedi taflu dwrn tuag at ei ben a bu'n rhaid iddo daflu un nôl, a dyna ble roedden nhw yn rowlio ar y llawr, Ben fel anaconda'n ceisio gwasgu'r anadl o gorff ei frawd mawr â'i wyneb diawl-goch pan ddaeth ei chwaer i ganol y sgrym a thynnu'r ddau ohonynt oddi ar ei gilydd.

Ac wrth iddi wneud hyn dyma Macs yn dechrau llefain a dyma Ben yn dechrau llefain hefyd. O fewn chwinciad roedd y tri ohonynt yn llefain, yn rhaeadru dagrau, wrth i densiwn degawd o ddioddefaint eu mam ffrwydro i'r wyneb. Roeddent wedi gorfod edrych ar eu mam yn dioddef, a'r diweddglo ffals, a'r nosweithiau cannwyll corff, a'r delweddau o'u mam yn udo mewn poen, ac yn gaeth am flynyddoedd i dawelyddion oedd wedi taenu niwl dros ei llygaid ac wedi taflu sach dros ei hysbryd.

Ond wrth i'r echdoriad o wylo ddirwyn i ben dyma Catrin yn codi ei llais. Er ei bod yn grynedig dechreuodd esbonio.

'Roedd y mins-pei wedi diflannu pan gyrhaeddais bore 'ma.'

'Un o'r nyrsys . . .' awgrymodd Ben, yn sychu ei fochau â hances boced *Toy Story* un o'r merched.

'Na, nid un o'r nyrsys,' atebodd Catrin. 'Roedd 'na lythyr, y llythyr mwyaf godidog o ryfedd a ddarllenais yn fy myw.'

Sylwodd ei brodyr ar y difrifoldeb yn ei hwyneb, ac o glywed odrwydd ei hiaith fe wydden nhw fod hyn yn rhywbeth rhyfedd iawn. Lot mwy na diflaniad un mins-pei. Nid llythyr yn cyfaddef bod rhywun wedi dwyn mins-pei oedd yn llaw Catrin a hithau'n ei estyn draw at Macs er mwyn iddo'i ddarllen. Twriodd yn ei siaced am y cês sbectol, a chael hyd i'r sbectol a'i gwydrau bychain, rownd oedd yn gwneud iddo edrych fel clerc yn un o straeon Dickens neu wyddonydd gwallgo o Wallgotania.

Darllenodd mewn llais clir, urddasol:

Annwyl Gyfeillion,

Deallaf eich bod yn trefnu Nadolig arbennig i'ch mam, Mrs Mattie Hughes. Gan mai fi yw Siôn Corn, ac, fel y gwyddoch, mae gennyf rôl draddodiadol, ac os ca i fod mor hy, un reit ganolog, os nad hanfodol, yn y broses o sicrhau bod gwên ar wyneb pob plentyn sydd ymysg yr anrhegion wrth droed y goeden ac yn yr Ŵyl, mae gen i gais i chi i gyd fel teulu. Gallwch gael un anrheg i'ch mam, sef iechyd llawn am ddiwrnod cyfan, dim ond i chi addo un peth i mi, sef codi cofgolofn i'm ceirw yn rhywle amlwg, megis yng nghanol y brifddinas, o flaen yr Amgueddfa, efallai.

Dymuniadau Nadoligaidd iawn,
Siôn Corn

Roedd Macs yn gynddeiriog. 'Rhywle amlwg? Canol y brifddinas? O flaen yr Amgueddfa efallai? Pa fath o dric yw hwn? Rhywun yn jocan bod yn Siôn Corn ac yn cynnig gwellhad llwyr i Mam. Pa fath o seicopath sy'n sgrifennu'r fath lythyr a'i anfon aton ni, at deulu sy'n dioddef fel y'n ni'n dioddef?'

'Ust,' meddai Catrin, gan bwyntio drwy'r ffenest, lle roedd yr eira'n dechrau disgyn, eira go iawn yn fflwchio ac yn chwyrlïo ac yn dechrau gorchuddio'r borderi blodau dan gwrlid gwyn, gan wneud i big y crëyr foesymgrymu, a throi tyfiannau bysedd y blaidd yn wargrwm, a thaenu tawelwch dros y lle.

Safodd y tri ohonynt wrth y ffenest yn fud ac yn gegrwth, yn edrych ar yr eira'n disgyn, ac yn setlo'n dawel, ac yn gorchuddio'r lawntiau.

'Blydi hel,' meddai Macs.

'Falle fod y llythyr yn un go iawn,' awgrymodd Ben.

'Ti'n credu yn Siôn Corn nawr, wyt ti? Paid â bod mor dwp,' mynnodd Macs.

'Dwi'n credu ei bod hi'n bwrw eira ym mis Awst. Watsia...'

Daeth nyrs i darfu ar eu syfrdan, gan ddweud bod eu mam wedi dihuno a'i bod hi'n dymuno'u gweld nhw i gyd.

'Mae hi'n edrych yn dda,' ychwanegodd y nyrs. 'Mae'n edrych yn wahanol 'fyd. Ie, yn wahanol iawn.'

Roedd Mattie Hughes yn eistedd lan yn y gwely, â sglein ar ei llygaid cwrens duon a befriai egni, a chwilfrydedd byw.

'Dyma chi,' gwaeddodd ar y plant, oedd yn sefyll yno'n edrych fel bwbachod, eu meddyliau ar garlam gwyllt. Yr eira! Y llythyr! Eu mam yn eistedd lan yn y gwely! Gormod, gormod!

'Fi bron â llwgu,' meddai eu mam, gan ddechrau codi o'r gwely. Aeth y tri ohonynt i'w rhwystro nes bod y nyrs yn dweud, 'Gadewch iddi,' a dyma'r hen fenyw fregus yn codi'r naill goes dros erchwyn y gwely, ac yna'r llall ac yn estyn am ei sliperi. Doedd dim sliperi, wrth gwrs, oherwydd ei bod hi wedi bod yn gaeth i'r gwely gyhyd, ond dyma'r nyrs yn rhuthro i gwpwrdd y meirwon, fel y gelwid ef, sef y man lle roedden nhw'n storio'r holl bethau megis pyjamas a sliperi roedd y meirwon diweddar wedi'u gadael ar eu holau.

Dyma hi'n dychwelyd gyda phâr o sliperi arian â phom-poms mawr, twp, a dyma'r pump ohonynt yn dechrau chwerthin wrth i'w mam eu gwisgo nhw am ei thraed arthritig. Roedden nhw'n rhyfeddu at y sioncrwydd yn ei choesau wrth iddi gamu tuag at y ffenest i fwynhau'r pictiwr pert – yr eira'n dew ar y perthi, a phlant o'r tai cyfagos eisoes wedi dod o hyd i ddillad twym yn lle'u dillad haf, ac yn taflu peli eira, ac un grŵp yn dechrau codi dyn eira ar bwys y siediau.

'O, mae'n bert mas fan'na,' meddai Mattie, gan dynnu ei phlant tuag ati, a'u dala'n dynn, fel iâr yn tynnu cywion i'w mynwes. 'Pryd ma' cinio?'

'Fe fydd e'n barod mewn chwinciad,' meddai Catrin, oedd wedi anfon neges at y cogydd oedd yn stwffio un peth ar ôl y llall i mewn i'r micro-don – moron, bresych, tato rhost parod o Costco – tra'i bod hi'n twymo'r twrci yn y ffwrn, cawr o aderyn oedd yn edrych bron mor fawr ag estrys, neu dderyn oedd wedi bod yn byw ar steroids.

Erbyn canol dydd roedd y bwrdd yn barod, a holl drigolion y lle yn gwisgo'u hetiau papur, a'r tâp ffug o ddarllediad Radio Cymru yn llenwi'r lle â charolau a miwsig llawn clychau arian. Gwenai'r nyrsys o weld Mattie ar ben ei digon, os nad yn uwch na hynny, er bod 'na ran ohoni oedd yn methu credu ei bod hi wedi byw i weld un Nadolig arall, a thynnu cracers, a blasu saws llugaeron. Roedd Mattie yn sipian sieri am y tro cyntaf yn ei bywyd – yn wir, yn cael alcohol am y tro cyntaf yn ei bywyd – a Macs, y tynnwr coes gwaetha yn y teulu, yn awgrymu y byddai'n symud 'mlaen i opiwm nesa'. A dyma nhw'n gorffen y cinio ac yn agor yr anrhegion . . .

Roedd 'na anrhegion annisgwyl dan y goeden, un yr un wedi'i lapio'n hynod o gelfydd, megis gan un o goblynnod Siôn Corn yn ei groto yn y pellafoedd oer.

I Mattie, roedd 'na albwm o luniau ohoni gyda'r plant ym

mhob cyfnod o'u bywydau. Edrychodd y tri ar ei gilydd, yn methu'n deg â dyfalu sut roedd unrhyw un wedi cael gafael ar y fath ddelweddau, yn enwedig gan nad oedd yr un ohonynt wedi gweld unrhyw un o'r lluniau erioed o'r blaen.

Trodd Mattie'r tudalennau gyda dwylo oedd heb y cryndod arferol. Dyna Macs gyda gwallt golau, cyn iddo dywyllu'n ddu bitsh a chyn iddo ddechrau colli ei wallt.

Tu allan, disgynnodd haid o adar i fwyta aeron o'r celyn, sawl bronfraith, coch-dan-adain a socan eira, heb sôn am robin goch, ei frest yn semaffor sydyn yn erbyn y cefndir gwyn, y gwyndir a'r gwynder hwn ynghanol Awst.

Agorodd Catrin yr anrheg oddi wrth Santa, sef pedwar tocyn dosbarth cyntaf i Disneyland yn Anaheim. Doedd Catrin ddim wedi cyffesu i'w brodyr fod arian yn dynn iawn a bod ei gŵr, Malcolm, wedi colli ei swydd yn GoMobile er eu bod nhw'n gwybod yn iawn fod ei swydd hithau yn HMV dan fygythiad. Ond doedd neb yn gwybod bod ei phlant, Dafydd a Huw, wedi bod yn gofyn drosodd a throsodd a allen nhw fynd i Disneyland. Sut yn y byd?

Daeth criw o blant i'r drws i ganu carolau er nad oedd neb wedi trefnu eu bod nhw'n dod, ddim ynghanol Awst, ynghanol yr eira, i ganu 'O deuwch, ffyddloniaid' a 'Dawel Nos'. Ond, dyna lle roedden nhw, yn canu ag arddeliad, eu sgarffiau'n nadredd lliwgar, gwlanog o gwmpas eu gyddfau wrth i'r eira bluo o'u hamgylch.

Ac i Ben roedd 'na hen dedi bêr ag un llygad, sef y tedi bêr roedd wedi breuddwydio amdano bob nos ers iddo'i golli ar drip i wersyll Llangrannog flynyddoedd maith yn ôl. Dyfriodd ei lygaid wrth weld yr arth, Sionci, yn ei ôl.

Bron na allai Macs agor ei anrheg yntau, yn enwedig o weld ei frawd yn crynu wrth ddal ei arth unllygeidiog i'w fron, ond ag ymdrech fawr tynnodd y papur lapio oddi ar . . . botel enfawr o bersawr lafant o Ynys Bŷr. Deallodd yn iawn. Dyma'r persawr roedd ei fam yn arfer ei wisgo ar achlysuron pwysig. Byddai'n medru ail-greu'r achlysuron hynny, pan oedd ei fam yn iach ac yn heini, dim ond iddo agor y botel, ac ogleuo arogl porffor y lafant cryf.

Erbyn iddynt edrych ar ddarllediad o neges y Frenhines – un y flwyddyn cynt, ond nid oedd Mattie yn gwybod tamed gwell – roedd pawb yn teimlo'n gysglyd iawn. Aeth pawb i gysgu, rhai mewn cadeiriau esmwyth, rhai mewn gwelyau gwag yn y cartref, ac aeth Mattie i gysgu am y tro olaf yn ei bywyd. Pan ledodd y newyddion ei bod hi wedi marw yn ei chwsg nid oedd neb wedi llefain, bron, oherwydd bod gormod o ddelweddau ohoni'n hapus – yn bwyta'r pwdin Dolig, yn dotio ar bresenoldeb ei thylwyth, ei llygaid yn disgleirio â diléit, fel plentyn yn gweld eira am y tro cyntaf – i alaru na cholli dagrau.

Mae'r cerflun yn gwbl annisgwyl. Saif yno fel magned i golomennod, nid nepell o'r Amgueddfa a'r Theatr Newydd. Cerflun o Siôn Corn, gyda'i gar llusg a'i geirw, a phentwr o anrhegion wedi'i gastio o efydd wrth fôn y cerflun, yn sefyll yno yn lledaenu ysbryd y Nadolig bob dydd o'r flwyddyn gron. Mae plant yn dwlu arno fe, ac oedolion hefyd, heb sôn am golomennod. Sefwch yno unrhyw bryd a gallwch glywed tadau'n dweud 'Ho, ho, ho!' a'u boliau'n siglo wrth wneud. Ha, ha, ha, bawb!

Ambell waith bydd Macs, neu Ben, neu Catrin yn ymlwybro heibio, gan deimlo balchder eu bod wedi codi'r arian ar gyfer y cerflun, ac wedi ymladd i gael hawl cynllunio reit ynghanol y ddinas, a rhannu'r profiad o gael Nadolig unrhyw adeg o'r flwyddyn gyda chynifer o bobl eraill. Oherwydd eu bod nhw'n gwybod bod unrhyw beth yn bosib a'r wybodaeth honno wedi newid pob rhan o'u bywydau.

Gwyddant, ill tri, ei bod yn bosib clywed clychau bach arian yn tincial yn y nos, dim ond i chi wybod sut i wrando – y clychau arian hynny sy'n dweud bod yr hen ddyn boliog ar ei daith ar draws y ffurfafen felfed, yn dod i daenu hapusrwydd. A'i fod e'n hoffi'r hen a'r ifanc, oherwydd mae bod mewn gwth o oedran fel rhyw fath o blentyndod, ac mae'r plentyn sy'n byw oddi mewn i hen ddyn neu hen wreigan yn dymuno dim byd gwell na Nadolig tragwyddol ag eira gwyn ymhobman, a llond y lle o anrhegion hyfryd, hael.

'A datod rwymau . . .'

'Cân! Dyna be alwodd un o blant Fron Hendre yr un gynta. "Nes i licio cân gynta ddaru nhw ganu," medda'r cena bach powld . . .'

Clepiodd y fam ei llyfr emynau i lawr ar y coffor mor galed nes disodli sbrigyn o gelyn. Wrth iddi droi at y gegin, cydiodd Deio ynddo rhwng ei fys a'i fawd, heb deimlo mwy na chyffyrddiad blaen pigyn y ddeilen ar ei fys wrth roi'r addurn yn ôl yn ei le ar y silff. Roedd ei fam eisoes yn y gegin, ond chododd o mo'i lais yn rhy uchel i holi.

'Plant Fron Hendre? Pwy, felly? Ro'n i'n meddwl bod Dewi a Donald . . .'

'Nid y nhw, siŵr iawn. Un o'r faciwîs sy wedi dŵad i aros at Margiad a Rich. Hwnnw yn ei drywsus rhacs yn sefyll yno ac yn deud wrth ddŵad allan o'r eglwys. "Cân", wir. Y pagan bach ddim yn gwybod y gwahaniaeth rhwng cân ac emyn, debyg. Ond dyna ni, Margiad Fron Hendre, be fedri di ddisgwyl?'

'Ond roedd o yn yr eglwys efo nhw, debyg. A "cân" ddeudodd o? Yn Gymraeg, 'lly?'

Roedd synau paratoi ei fam yn y gegin yn golygu ei bod hi'n saff i Deio gilwenu wrth ofyn. Yr ateb a gafodd oedd clindarddach uwch o gyfeiriad y drws lled-agored.

'Carol ydi hi, yn enw pob rheswm. Os dysgu Cymraeg – a

pha iws fydd hynny, unwaith y bydd o a'r cari-dyms erill yna'n mynd nôl i Lerpwl, dyn yn unig a ŵyr – o leia dysgu'r geiria iawn iddyn nhw.'

Mwy o sŵn sosbenni. Symudodd Deio yn nes at y bwrdd.

'Iddyn nhw fedru sgwrsio efo Katie a Huw pan ân nhw'n ôl adra, ella?'

'Dwi ddim yn meddwl mai o Allerton y daeth y criw yma, rywsut.'

Bron na allai glywed ei fam yn sniffian. 'Scotland Road, dyna be ddeudodd gwraig y ficar pan aeth hi rownd i weld a oedd y tai yn ffit i'r faciwîs. Er, 'nôl be ddeudodd hi,' – saib, a sosban arall yn clindarddach – 'ffor' arall dylsa'i fod wedi bod. Gneud yn siŵr bod y faciwîs yn ffit i'r tai. Gosod y bwrdd i mi, dyna hogyn da. Dwi jest â gorffan fama.'

Ufuddhaodd Deio, estyn am y cyllyll a'r ffyrc a'u gosod yn reddfol ar y bwrdd. Yn rhy reddfol, meddyliodd, wrth edrych ar faint roedd wedi'i osod, tynnu dwy set ymaith a'u cadw'n ôl yn y drôr. Deuai sylwebaeth ei fam trwy ddrws y gegin gydag arogleuon y cinio.

'Braf i Margiad a Richard gael cwmni 'fyd, hyd yn oed os dim ond plant cadw ydyn nhw. Ac roedd hi'n deud ei bod hi wedi clywad gan yr hogia.'

'O.' Oedodd Deio â chyllell yn ei law, cyn ei gosod i lawr yn ei phriod le. 'Unrhyw newydd?'

'Y ddau'n iawn, medda hi – methu deud lot mwy: wsti sut maen nhw. Ond roedd hi i weld yn eitha c'lonnog. Ac mi fedris inna sôn am lythyr dwytha Lily. Rhoi'r hanas felly, 'de? Dim ond diolch i'r drefn ei bod hi'n rhydd o hyn i gyd. 'Di'r bwrdd 'na wedi'i osod gin ti?'

'Fy Nuw, a yw dy fwrdd yn llawn?' Ond carol fwy addas i'r Adfent, nid y cymun, gafwyd yn y gwasanaeth heddiw, yn amlwg. Fel y gwyddai o. Tasa fo wedi mynd. A gwyddai mor daer benderfynol y buasai Mam wedi pwysleisio mor brysur yr oedd o adra ar y ffarm, fel na fedrai hyd yn oed sbario'r amser i fynd i'r gwasanaeth *bob* Sul. Gallai weld yr her yn ei hosgo, clywed hynny yn ei llais. A dal i weld a chlywed hynny wnâi o, pledio prysurdeb y ffarm. Fore Nadolig, hwyrach, byddai'n rhaid mynd – a derbyn yn serchus sylwadau gweddillion y gynulleidfa: *Braf dy weld ti, Deio. Canu hyfryd, ficer. Newid clywad llais bas da, tydi? Mor brin y dyddia yma…*

Hanas. Edrychodd ar y bwrdd a daeth ei fam drwodd gyda'r bwyd. Bwrdd wedi'i osod i ddau. 'O tyrd, O tyrd, Emaniwel'…

'Dolig yn barod?'

Gwenodd Huw ar ei wraig wrth iddi gario'r dysglau drwodd i'r *dining room*.

'Lwcus oeddwn i – digwydd taro ar wraig Manny Bergson a hitha wedi clywad sôn y basa 'na bysgod, felly mi lwyddis i bicio draw yn reit handi i fod ar ben y ciw. Gwnewch y mwya ohono fo, cofiwch – ella mai Woolton Pie fydd gynnon ni'n ginio Dolig, ar y rât yma.'

Gwenodd wrth osod y seigiau ar y bwrdd, codi ei llaw i lyfnhau ei gwallt du wedi iddo gael ei ddal yn yr ager a godai o'r bwyd.

'Rydach chi'n gwneud gwyrthia, wir i chi. Ac rydw i yn gwerthfawrogi, isio i chi ddallt hynny.'

Hwyrach nad gwres yr ager wnaeth i Katie wrido.

'Ddim isio i chi, neno'r Tad. Tydan ni i gyd yn yr un twll? Dyna maen nhw'n ddeud, yntê? Dyna fydd yn dŵad â ni drwy hyn i gyd. Mi ddo' i i ben yn iawn: ac rydach chi yma, dyna sy'n bwysig. Styriwch mor lwcus rydw i o hynny.'

'Lwcus efo'r hen ŵr?'

Roedd Huw yn gwenu eto, ond clywsai Katie y pwyslais

trwm ar *hen*, a thrawodd ei llaw dde â'r gyllell yn drwm ar y bwrdd yn sydyn.

'Sydd allan bob yn ail noson efo'r ARP, heb sôn am fod yn trefnu pob dim efo Clwb y Cymry. Ac yn cadw'r busnas i fynd trwy'r cwbwl, efo neb i helpu ond yr hogan hannar pan yna ers i Joe gael ei alw i fyny. Wendy mewn siop drygist? 'Blaw eich bod chi yno i gadw llygad barcud arni hi, fasa'r hulpan ddi-glem yna wedi lladd mwy o bobl na Hitler. Lwcus ddeudis i, a lwcus dwi'n feddwl, Huw.'

Roedd mwynhau ei ginio yn help i atal Huw rhag chwerthin wrth wrando ar lif teyrngarwch ei wraig. Roedd hi'n meddwl ei bod hi'n lwcus . . .? Oedodd ar ôl llyncu, ac edrych i fyny i wyneb Katie. Difrifoli.

'Ond gwaethygu mae'r bomio – rydan ni i gyd yn gwybod hynny, beth bynnag ddeudan nhw ar y weiarles.'

'Ac rydan ni i gyd yn gwybod hefyd mor saff rydan ni i lawr yn selar y Plaza: tydi'r lle yn *shelter* dan gamp? Dwi'n siŵr na chafodd Mr Rigby y manijar gystal cynulleidfaoedd ers pan oedd ffilmia diweddara Charlie Chaplin ymlaen. Rydan ni'n iawn yno, Huw. Yr unig dro y bydda i'n teimlo'n annifyr yno ydi pan fyddwch chi allan efo'r ARP – neu pan fydd y Nora Whalley gomon yna'n dŵad i lawr ac yn setlo'i hun nesa ata' i am y noson. Mae araith y ddynas yna'n ddigon i godi gwallt pen unrhyw un – ac mi faswn i'n tyngu bod yr hen gôt 'na gynni hi ers y rhyfal dwytha, ac na chafodd hi 'i llnau ers hynny, chwaith. Does ond gobeithio nad i Gymru mae ei thorllwyth plant hi wedi cael eu symud . . .'

Gadawodd Huw i lifeiriant geiriau Katie lifo tuag at ei derfyn naturiol, cyn mentro awgrymu: 'Dach chi'n siŵr rŵan na fasa hi'n well i chi fynd draw atyn nhw i'r Cwm – adra – jest dros y Dolig, ella? Nes bydd petha'n dawelach? Nid y baswn i'n dymuno i chi fynd am y byd – ond – i dawelu meddylia'r hen bobol?'

'Does 'na ddim hen bobol, Huw.' Roedd llygaid gleision Katie yn fflachio. 'Mam sydd yno. Ac mi fedar hi ddŵad i ben yn iawn – mae Deio'n gofalu am y ffarm. Does dim isio neb arall: ddim i gadw trefn ar y ffarm nac i dawelu meddylia neb. Yma y gwnawn ni'n dau dreulio'r Dolig, bomia neu beidio. Mae Lily'n saff yn Singapore, a finna yma. Yn saff. Efo chi. Rŵan, dim mwy o'r lol yna, neu fydd 'na ddim tartan fala, a gan mai efo'r dwytha o'r fala y gwnes i hi, gobeithio eich bod chi'n gwerthfawrogi'r aberth. Dowch rŵan, stynnwch.'

Ac yn sicrwydd ei thŷ yn y ddinas, ar waetha'r bomiau, mae Katie'n meddwl yn ddigyffro am ddringo allan o selerydd y Plaza i wynebu rhyw fath o olau dydd, hyd yn oed os yw hwnnw'n llawn llwch a dinistr ac arogleuon llosgi yn dod o ganol y ddinas. Bydd yn croesi'r lôn yn ôl at y siop, yn codi'r blacowt, yn rhoi ei byd bach hi a Huw yn ôl yn ei le yn daclus, ac yn bwrw ymlaen â'r busnes o ddydd i ddydd am fod pawb isio byw, ac am mai yma y mae hithau erbyn hyn. Wnaiff hi ddim edrych yn ôl tua'r gorllewin.

'Tyrd â hwnna draw i mi, i mi gael ei roi o ar dop y goedan.'

Ufuddhaodd Lily cyn camu'n ôl i gael golwg iawn ar yr addurniadau. Rhoddodd ochenaid mor ddwfn nes i'w chyfeilles ar ris uchaf yr ysgol droi ac edrych i lawr arni.

'Paid â deud ei fod o'n gam, achos tydi o ddim.' Daliai'r angel papur yn fygythiol yn ei dwrn, ac ymlaciodd Lily gan chwerthin.

'Mae o'n ddi-fai. Nadoligaidd iawn. Bron fel tasan ni adra. Well, deud y gwir. Sgin i'm cof i ni erioed gael coedan. Wel, ddim yn y tŷ, sut bynnag. Rhai tu allan.'

'Coed Dolig? Tu allan?' Edrychodd Fay yn syn arni cyn dringo i lawr, sefyll a rhoi trefn ar ei lifrai. Gwenodd Lily.

'Jest coed. Ro'n i'n medru'u gweld nhw ar y gorwel o ffenast fy llofft.'

'O ia, cofio ti'n sôn. Gwell golygfa na'r gaswyrcs o tŷ ni, 'lly. Biti na fasat ti'n medru cael dy deulu i yrru oen bach draw 'ma i'w roi wrth y preseb.'

'Ei fyta fo fasen ni'n neud, eniwê – hyd yn oed a chymryd y medra'r confoi fasa'n dŵad â fo osgoi'r torpidos. A tydi hi ddim yn dymor ŵyna, sut bynnag.'

'Be, ydyn nhw ddim ond yn cael eu geni ar ryw adag arbennig o'r flwyddyn?' Roedd y syndod yn llais Fay yn ddigon i dynnu sylw ambell i nyrs arall oedd yn loetran yn lolfa'r cartref. 'Asu, dyna i ti syniad – pasia fo 'mlaen i'r merchaid fan hyn a fasa'n shifftia ni ar Maternity yn haws o beth diawl.'

Gwenodd Lily eto yng nghysgod chwerthin aflafar Fay, ac edrychodd eilwaith ar y goeden wneud a'i haddurniadau lliwgar. Diarth a chwithig ydi 'mywyd i iddi hi, mae'n siŵr, meddyliodd. Ond be ydi hyn ond dieithrwch? Edrychodd eto ar y goeden ffug. Oni fuasai pinwydden go iawn yn edrych yr un mor ffug yma? A'r ffigyrau wrth y preseb, oedd yn orgyfarwydd iddi hi o'r eglwys a'r ysgol Sul – onid oeddan nhw yr un mor ddiarth i'w ffordd hi o fyw yma ac i fywyd rhywun fel Fay? Neu i rywun fel honna, meddyliodd yn sydyn wrth weld un o'r merched glanhau yn rhoi ei phen o gwmpas y drws ac yn cilio'r un mor sydyn o weld y nyrsys yno o hyd. A Tsieinî ydi hi, beth bynnag . . .

'Ffansi mynd i'r *Chinese Quarter*?' gofynnodd Fay i Lily oedd yn gorweddian yng nghartref y nyrsys ar derfyn eu shifft, wedi i'r addurno gael ei gwblhau'n foddhaol.

'Beryg, braidd?'

'Pa beryg? *Live dangerously.*' Gwenodd Fay, wrth orffen ymbincio a lluchio'i lifrai ar y gwely.

'Oréit,' cytunodd Lily, 'os wyt ti'n siŵr y byddwn ni'n saff.

Ac mi rydan ni, tydan? Dyna'n union 'dan ni ddim yn neud, 'te?'

'Be?'

'Byw'n beryglus. *Live dangerously*.' Chwarddodd Lily wrth geisio dynwared acen Lundeinig Fay.

'Ti'm yn gweithio dan Sister Bates, yn amlwg,' atebodd honno, 'ne fasat ti ddim yn dweud ffasiwn beth.'

'O Fay, ti'n gwybod be dwi'n feddwl. Mi ddylet ti fwy na neb wybod am beryg go iawn . . .'

'Be, efo brodyr yn Rarmi, wyt ti'n feddwl? Lily fach, fel dwi wedi deud ganwaith – bechgyn ein hardal ni, dau ddewis sy gynnyn nhw. Y fyddin neu Pentonville. Gin i dri brawd sy wedi osgoi Pentonville, dau ecs-cariad sy fewn am y *duration* (a dwi ddim yn sôn am y rhyfal) – ac rydw i fan hyn, y gynne mawr yma i'n hamddiffyn ni rhag y Japs, a'n gadael ni'n saff i drafod lle cawn ni fynd heno i jolihoetian. Iawn?'

Cytunodd Lily dan chwerthin, a cherddodd y ddwy drwy'r strydoedd llawnion, prysur, i ganol y synau a'r lliwiau a'r arogleuon oedd bellach wedi dod yn lled gyfarwydd i'r ddwy. Neidiodd Lily i'r ochr wrth i gar wibio heibio: cododd Fay ei dwrn ar ei fwg yn diflannu, a sgyrnygu '*Bloody officers!*' cyn sychu'r llwch oddi ar ei sgert. Giglan. Awran yn y *Chinese Quarter*, ac yn ôl wedyn i westy a choctels a hwyl a lluniau Santa Clôs a thinsel. Ac ar ambell ennyd yn ystod y rhialtwch, daliodd Lily ei hun yn syllu ar yr addurniadau fel y gwnaethai wrth y goeden yng nghartref y nyrsys.

Be ydi hyn? Be'nelo hyn â nhw, yma, mewn lle poeth, diarth? Be'nelo hyn â fi, hyd yn oed pan o'n i adra? Pryd gwelis i 'rioed goets fawr a chlycha, 'blaw pan fydda Taid yn rwdlan am yr hen ddyddia? Robin goch? Oedd, debyg. Ond brain sy o gwmpas lle ni yn benna, yn boddi sŵn yr adar llai. Santa Clôs? Pwy welodd hwnnw 'rioed? Ddoth o ddim i'r ffarm, yn sicir ddigon. O leia dwi'n medru dengid o'r holl lol yma fan hyn;

mewn rhyw le fel hyn, mae'n haws gweld y cwbwl fel lol, a
pheidio poeni am y peth. Artiffisial ydi'r cwbwl – coed pîn yn lle
palmwydd, cardia efo llunia eira, lle na fasa gin eira go iawn
gyfla am eiliad; canu carola ar y wardia ac yn y consart pan
fydd y doctoriaid i gyd wedi meddwi ac yn smalio'u bod nhw'r
un fath â ni . . .

Tydyn nhw ddim, wrth gwrs. Doctoriaid. *Bloody officers*,
chadal Fay. Y pwysigion. Ond mae pawb yn cael bod yn rhydd
a chymysgu tipyn dros gyfnod y gwyliau, cyn mynd yn ôl i'w
priod lefydd, rhyfal neu beidio. Y doctoriaid a'r swyddogion
ar y top; y genod llnau a dynion y *rickshaws* a'r *orderlies* yn
stwna yn y gwaelodion, a ninna – pobol fatha Fay a fi a Sister
Bates a'r soldiwrs cyffredin, y *poor bloody infantry* – yn un
poitsh rwla tua'r canol. Ac yng nghanol pawb, mae'n bosib
bod ar goll. Yn un o'r haid. Yn saff. Dwi'n gwneud fy ngwaith,
a dwi'n rhydd.

Parhaodd y teimlad wrth i'r ddwy ddychwelyd i gartref y
nyrsys, wrth i Lily ffarwelio â Fay ar riniog ei hystafell, ac
wrth iddi dynnu amdani, gofalu bod ei lifrai mewn trefn ar
gyfer trannoeth, ac wrth iddi edrych allan ar gysgodion y
palmwydd, heb eto gau caeadau'r ffenest. Caeodd ei chôt
llofft o'i chwmpas a chamu allan i fynd i'r stafell ymolchi.
Wrth ddod yn ei hôl ar hyd y cyntedd i'w hystafell, hwyliodd
seiniau practis y cyngerdd carolau i fyny o'r lolfa islaw, y
gerddoriaeth gyfarwydd yn peri iddi arafu ei chamre am
eiliad.

'Oh come, oh come, Emmanuel . . .'

Prysurodd i'w hystafell, cau'r drws ar ei hôl, camu at y ffenest
i gau'r caeadau yn sownd ar frys. Ufuddhau i orchmynion i
guddio goleuadau, er mai lleiafrif oedd yn cadw at hynny,
wrth gwrs. Gallai weld goleuadau Singapore yn wincian o

bob cyfeiriad wrth iddi ei chau ei hun i mewn yn ei hystafell. Troi at ei gwely. Gallai hi, fel pawb ar y penrhyn, gysgodi'n dawel dan warchodaeth y gynnau mawr fyddai'n herio'r gelyn ac yn ei atal ar ei fordeithiau tuag atynt. Roedd hi'n ddiogel ac yn rhydd.

'O allwedd Dafydd, tyred di
Ac agor borth y nef i ni.'

'Ddim am ddigwydd, nac ydi, nyrs?' Hanner cododd y wraig yn llesg ar un penelin.

'Be, y cyngerdd Dolig? Wrth gwrs ei fod o. Tae ond i godi'n calonna.' Er hynny, cau drws y cwt simsan ar synau'r canu o'r tu allan wnaeth Lily. 'Triwch chi gael mymryn o gwsg rŵan. Mi wnaiff fyd o les i chi, ac wedyn mi fyddwch yn ddigon ffit i fynd i'r cyngerdd – cymryd rhan, hyd yn oed.'

Gorweddodd y claf ag ochenaid, a throi ei hwyneb tuag at y ddeilen balmwydd oedd yn cael ei hysgwyd yn ôl ac ymlaen yn araf yn llaw Fay. Honno'n gobeithio creu peth awel, er ei bod yn amau yn ei chalon nad oedd yn gwneud dim ond troi'r awyr fwll fel uwd. Pan ddaliodd Fay lygaid Lily, gwyddai mai dyna oedd yn ei meddwl hithau hefyd. Cododd y ddwy, bwrw un golwg arall dros y rhes o gleifion, cyn symud yn dawel at y fainc arw yng nghornel y cwt ysbyty.

'Fydd hi'n lwcus os gwelith hi'r Dolig, heb sôn am y cyngerdd.' Doedd dim rhaid i Lily geisio twyllo Fay, na chodi ei chalon. Ond daeth cysgod o wên i'w hwyneb, er hynny.

'Cofio'r adeg yma llynedd?'

'Dojio'r cyngerdd wnest ti bryd hynny hefyd, os cofia' i'n iawn. A finna'n meddwl bod chi'r Cymry i fod yn genedl gerddorol...'

'Mae bod yn gaeth yn fama'n ddigon drwg, dwi ddim isio cael fy llusgo i wneud rhwbath arall eto fyth yn erbyn f'ewyllys. Mwy nag oeddwn i isio bod yng nghyngerdd yr ysbyty,' meddai Lily gan roi slap ofer arall eto fyth i un o'r llu mosgitos oedd yn bla yn y lle. Gwelodd fod Fay yn rhyw led-glustfeinio o hyd ar synau'r garol ac yn troi ei llygaid tua'r drws. 'Byth yn meddwl y basa gin i hiraeth am y wardia yn fanno, chwaith. Ond o'i gymharu â fan hyn . . .' Syllodd o'i chwmpas yn y gwyll. Nodiodd Fay ei phen.

'Wn i. Lle glân, dillad gwely a bandejys iawn. Ac os oeddat ti isio *quinine*, jest rhoi *requisition* amdano fo.' Anelodd hithau swadan at fosgito. 'Dangos i ti mor bell ydw i wedi mynd, 'nes i hyd yn oed fy nal fy hun noson o'r blaen yn hiraethu am Sister Bates.'

'O diar, sdim gobaith i ti, felly . . . er, mi fasa'n help cael rhywun fel hi yma, 'fyd.' Edrychodd Lily o gwmpas y cwt; suddodd ei hysgwyddau. 'Neu ddoctor . . .'

'Mi wnawn ni'r tro efo'r pishyn 'na ar *Surgical*, y doctor ifanc 'na oedd newydd ddod allan. Ti'n ei gofio fo adag y parti Dolig hwnnw?'

'Syndod dy fod ti'n cofio dim o'r parti, Fay.'

'Cofio'r gwin yn llifo. A'r car crand 'na oedd gynno fo. Sgwn i lle mae o rŵan?'

'Y car? Yng ngwaelod yr harbwr, decini.' Tawelodd Lily, am fod golygfeydd gwallgof dyddiau'r ymosodiad, prin ddeufis wedi'r Nadolig, yn fflachio eto'n fyw yn ei chof. Y cyrchoedd awyr, y bomiau, y rhuthr wyllt i adael Singapore, a'r sylweddoliad sydyn fod y gelyn ar eu gwarthaf, fod popeth ar ben. Gwin yn llifo – nid mewn partïon, ond yn afonydd drwy'r strydoedd wrth i berchenogion y gwestai ddinistrio neu waredu popeth fedrent o'u heiddo cyn dyfodiad y Siapaneaid. A'r ceir a'r cerbydau'n cael eu gwthio a'u gyrru'n fwriadol i mewn i'r harbwr – p'un ai mewn ymdrech wyllt i'w cadw o grafangau'r gelyn, ynteu fel rhwystr olaf i arafu ei gyrch, wyddai hi ddim. Y cyrch a ddaeth, nid o gyfeiriad y môr, er i longau Prydain gael eu chwythu'n chwilfriw yno, ond yn llif dros dir y penrhyn diamddiffyn, a'r gynnau mawr yn soled yn eu concrid, yn dal i anelu'r ffordd arall. Na, doedd hi ddim eisiau dechrau dychmygu lle roedd car y meddyg. Na'i berchennog.

Efallai'n wir y llwyddasai i ddianc, ond roedd Lily'n amau hynny. Un o'r miloedd meirwon oedd o, fwy na thebyg – neu yn yr un picil â hithau, Fay a'r cannoedd o ferched a phlant eraill yn y gwersylloedd cadw yma a thraw ar hyd yr ynysoedd hyn. Roedd yna sibrydion dragywydd drwy'r gwersyll hwn am wersylloedd y dynion gerllaw – ond wedyn, meddyliodd Lily wrthi'i hun, onid oedd yna sibrydion hefyd fod y Cynghreiriaid ar fin dod i'w hachub, sibrydion am barseli bwyd, sibrydion am fanteision a ffafrau yr oedd rhai carcharorion lwcus wedi llwyddo i'w cael – heb sôn am sibrydion slei ynghylch sut y cawsent y bendithion hynny? Doedd pethau felly ddim yn ddieithr iddi o gwbl, fwy nag yr oedd gweld, yn fuan wedi iddynt gyrraedd y lle yma, y dyrnaid o ferched amlwg a gymerasai'r awenau, gan geisio rhoi trefn ar eu bywydau, hyd yn oed mewn caethiwed. Hwy oedd wrthi yn awr yn arwain ac yn trefnu'r parti carolau; roedd hynny'n saff. O oedd, roedd hi'n hen gyfarwydd â byd bach felly. Hen fyd bach caeth yr oedd hithau wedi gobeithio dianc rhagddo – ac, am gyfnod byr, wedi gwneud.

Wrth iddi wylio Fay yn codi i fynd o gwmpas y cleifion a rhannu ychydig o'r dŵr prin rhwng y rhai mwyaf sychedig ac anghenus, dianc i ffwrdd ymhell wnaeth meddyliau Lily, gan adael y gwersyll, y milwyr milain, dieithr, y cosbau a'r cyni ymhell y tu ôl iddi. Dim byd anghyffredin yn hynny, ystyriodd – ond gwyddai, o siarad cyson y merched eraill, mai adref yr oedd eu meddyliau hwy yn hedfan bron yn ddi-ffael. 'England, home and beauty', fel y dywedai rhai o griw dethol y merched oedd yn trefnu. Clywsai ddyrnaid o ferched

Awstralia y diwrnod o'r blaen yn hiraethu am gael rhedeg yn rhydd ar hyd traethau eu mamwlad hwythau; roedd hyd yn oed Fay, o bryd i'w gilydd, wedi mynegi gronyn o hiraeth am fod yng nghanol *pea-souper* jest am unwaith, ac am allu blasu *jellied eels* eto.

Doedd hi ddim am fynd adra. O oedd, roedd hi isio dengid o'r lle melltigedig yma, wrth gwrs. Ond hiraeth am ei darn hi o'r dwyrain fyddai'n ei chnoi hi yn nyfnder y nos: hiraeth am ddieithrwch cyfforddus Singapore, a'r byd bywiog, llawn synau gwahanol, lle llwyddasai i ddiflannu a bod yn neb. Fanno, nid y ffarm, oedd yn llenwi ei breuddwydion. Nid y waliau moel cyfarwydd na'r goedwig ddu draw ar orwel y caeau. Crynodd. Pa wahaniaeth oedd rhwng y rheiny a'r polion pren a'r muriau bambŵ a'i cadwai'n gaeth yma?

Nodiodd ar Fay. Roedd y cleifion wedi setlo, cystal ag y gallen nhw. Gwyddai na fedrai hithau wneud dim ond dal ati, bod ar gyrion y rhai oedd yn canu carolau, canu am ryw seren, a disgwyl rhyw fflach o'r dwyrain fyddai'n arwydd y deuent, rywbryd, oll yn rhydd.

Dolig gwyn

Dim ond rŵan dwi'n dechra meddwl be 'dan ni'n neud nesa. Ma' Ben a fi 'di bod yn ista ar y sêt fach blastig yna yn y lle bysus am hir iawn. Gawson ni job i ddŵad i fyny yma – wel, mi gafodd Ben beth bynnag – a ro'dd rhaid i mi dynnu yn ei gôt o a bron iawn i'r hwd ddŵad i ffwrdd. Glywis i ryw sŵn rhwygo. A mi fydd o angan 'i gôt yn lle 'dan ni'n mynd, ac angan ei hwd achos bydd hi'n oer yna ar lan y môr, a mi fydd ei glustia fo'n troi'n goch a mi fydd o'n dechra swnian eto.

Fedra i'm diodda Ben yn swnian. Mae o'n gneud sŵn fatha rhyw hen gath fach sy'n gwichian, ac yn gneud i chdi fod isio rhoi stîd iddo fo. Fedra i ddallt sut ma' Mam yn teimlo weithia pan mae Ben yn bod fatha hen gath fach a hitha efo 'lot ar ei phlât'. 'Lot ar ei phlât'. Ffordd ddigri o ddeud ydy hynna, 'de? Dwi rioed 'di gweld Mam efo llawer o ddim byd ar ei phlât, deud y gwir. Ma' hi'n slimio medda hi, yn trio colli pwysa, er tydi hi'm yn dew o gwbwl fatha ma' mam Siân, a mi fedrwch chi weld esgyrn Mam yn sticio allan pan ma' hi'n gwisgo top isal.

Dim ond rŵan dwi'n dechra meddwl be i neud nesa.

Mi 'nes i feddwl deud wrth Mam, ond dwi'n gwbod 'sa hi'm 'di dallt, felly fasa 'na ddim *point*. Ella 'swn i 'di cha'l hi ar ei phen ei hun ryw dro, i ffwrdd oddi wrth Ger am funud, ella 'swn i 'di medru trio . . . Ond dda'th y cyfla ddim. Ac ella 'swn i'm 'di deud wedyn chwaith . . . Ond ella faswn i, tasa Mam a fi wrthi'n gosod bwrdd fel oeddan ni 'stalwm, a finna in charj o'r sôs coch a'r sôs brown a'r finag, ac yn gneud yn siŵr fod y cyllyll a'r ffyrc yn syth neis, fel tasan ni mewn *hotel*. 'Fyddi di'n gweithio yn rhwla fatha'r Imperial ryw dro, fedra i dy weld di rŵan,' medda Mam, a mi fasa hi'n rhoi hyg i mi, a finna'n ei gwthio i ffwrdd, yn cogio bod gin i gywilydd. O'dd Mam a fi yn dallt 'n gilydd adag hynny. 'Mêts penna – fi a ti 'de, Llins?' fydda hi'n ddeud. Stiwpid. Beth bynnag, dwi'm 'di gorfod 'i gwthio hi ffwrdd mewn cogio cywilydd fel'na ers lot.

Roedd hi wedi bod yn hawdd yn y diwadd. Roedd gen i ryw hen deimlad crynu yn fy mol yn fy ngwely'r noson cynt. Ro'dd Miss Howells Ysgol Bach wastad yn sôn am y 'pili-palas' yn y bol pan o'dd hi'n sôn am fod yn nyrfys cyn rhywbeth. Stiwpid. Petha neis 'di pili-palas, petha del. Ond dim teimlad braf felly oedd yn fy mol i wrth i mi sbio ar lamp y stryd yn taflu ffon fawr hir o olau drwy'r gap yn y cyrtans, ar draws y presanta Dolig, drosta fi yn y gwely. Petha neis ydy pili-palas. Roedd y teimlad o'dd gin i yn fy mol fatha rhyw hen deimlad taflu-fyny a chrynu ych-a-fi annifyr.

Roedd hi wedi bod yn hawdd deffro Ben yn fuan fuan hefyd a deud wrtha fo bo ni'n mynd am antur. Dwi'n dal ddim yn meddwl i fod o 'di deffro'n iawn. Pan es i at 'i wely o, roedd yr ogla cysgu sbesial yna arna fo, a'i wallt o'n sticio i fyny i gyd, fatha bwgan brain. Dwi wrth fy modd yn mynd at Ben pan mae o'n cysgu fel'na. Weithia, dwi'n rhoi fy mhen drws nesa i'w ben o ar y clustog, ac yn cymryd fy ngwynt i mewn yn ddyfn er mwyn llenwi mhen efo'i ogla babi-cysgu o. Ma'n ogla neis, yn ogla saff neis.

Mae Ben wastad yn cysgu'n drwm, a roedd o fel tasa fo mewn breuddwyd pan gododd o'i wely a gadael i mi roi ei ddillad o ar ben ei byjamas o . . . Syniad da oedd hynna, sbario i ni newid a sbario stwffio'r pyjamas i mewn i'r bag cefn bach Man U.

Roedd hi'n reit hawdd mynd i lawr y grisia heb neud sŵn hefyd, a phan agorodd Ben ei geg i ofyn rhwbath, dyma fi'n ei chau hi'n reit handi iddo efo'n llaw. Edrychodd ei lygaid mawr o'n syn arna i, cyn i mi gogio troi'r holl beth yn jôc a rhoi fy mys ar fy ngwefus fel ro'dd Miss Howells yn arfar neud pan oedd hi isio i ni fod yn ddistaw cyn mynd allan i chwara.

O'n i 'di bod yn glyfar, 'di trefnu pob dim, 'di meddwl am bob dim. 'Nes i'n siŵr fod gola'r goedan Dolig ddim yn dal mlaen ers y noson cynt, fel oedd o 'di bod drw' Dolig am fod Mam a Ger yn hwyr yn mynd i'w gwlâu a dim mynadd tsiecio. Fi oedd yn arfar diffodd y gola arni hi cyn cael brecwast. Ro'n i 'di dechra arfar. Fydda i'n teimlo'n rhyfadd bora fory yn y garafán efo 'run goedan Dolig i'w diffodd?

'Llinooooos!' medda Ben, a dechra tynnu yn llawas fy nghôt i, yn y ffordd yna sy'n mynd ar fy nyrfs i. Dwi 'di trio deud wrtha fo bo rhaid iddo fo fod yn hogyn ofnadwy o dda os ydan ni isio mynd lle 'dan ni isio mynd. A mae o'n cofio am chydig, fel arfar, cyn dechra swnian eto.

'Fydd y bỳs yma'n munud, Ben. Hogyn da 'wan, ia? Sbia! Ti isio gweld fedran ni weld car coch?'

A mae Ben yn stopio swnian yn syth bin, fatha majic. Mae'n gweithio bob tro, medda Mam. Mi faswn i'n licio gweithio efo plant ryw dro, os ydyn nhw i gyd yn stopio swnian yn sydyn fel'na, fatha 'sa 'na majic arnyn nhw. Ond dwi'n gwbod barith o ddim yn hir. Dyna'r drwg efo plant, ma' isio mynadd efo nhw. 'Mynadd Job' ma' Mam yn ddeud, a phan ofynnish i iddi hi ryw dro be oedd hynna'n feddwl, yr unig beth wna'th hi o'dd rhoi ei llaw ar 'y mhen i a mwytho ngwallt i fel 'sa hi'n mwytho ceffyl, a deud nad oedd hi'n gwbod, ond fod Nain Stiniog yn arfar deud hynny ers talwm

50

wrthi hi. Rhyfadd na fasa Mam 'di holi mwy, 'de? Rhyfadd fod geiria fel'na 'di cael eu pasio rhwng un a'r llall fatha da-da, ond fatha 'sa pawb 'di rhoi'r da-da geiria yn eu cega heb sbio ar ei liw o.

Mae hi 'di stopio bwrw eira ers tipyn, ers cyn Dolig, a ma' Ben 'di stopio neidio o'i wely am y ffenast i sbio fyny ar yr awyr i weld oedd 'na eira 'di disgyn ar bob dim fatha dwfe gwyn dros nos. Ma'r eira 'di dechra troi'n sglwj brown budur rŵan, a ma' Ben 'di neidio oddi ar y sêt blastig yn y lle bysus a 'di dechra sblashio yn y sglwj sy'n hel yn y corneli. Mi fydd 'i sgidia fo'n socian os carith o mlaen fel hyn, a sgin i ddim pâr o sgidia sbâr iddo fo yn y bag, achos o'dd Mam 'di deud 'sa fo'n ca'l sgidia newydd yn y sêls ar ôl Dolig, a 'swn i mond 'di disgw'l ella fasa'r rhein 'di gneud fel rhei sbâr a . . .

'Isio . . . bwyd,' medda Ben, a dechra swingio'i drenyrs yn ôl a blaen yn sydyn fel bod 'na beryg iddo fo syrthio oddi ar y fainc fach blastig wrth neud. Dwi 'di pacio banana a bechdan efo menyn arni neithiwr. Dwi'n mynd i'r bag, a mae Ben yn ddistaw am eiliad eto, fel 'sa fo'n disgwyl am drysor o ryw gist hud, fel mewn stori. Ond buan iawn mae o'n dechra swnian pan dwi'n pilio'r croen, a mae'n gweld y fanana sydd wedi dechra troi'n sglwj brown fatha'r eira a'r fechdan sydd wedi'i gwasgu braidd am mod i wedi gorfod rhoi'r dillad i gyd ar ei phen a heb feddwl rhoi'r bwyd ar y top.

'Coco Pop . . . isio . . . Coco Pop.'

'Gawn ni wedyn, iawn? Gawn ni yn y garafán. Coco Pop yn y garafán yn munud, iawn, Ben?'

'Garafán?' medda fo, a dwi'n rhoi sws fach ar ei ben o, ac yn gwenu. Mae o'n cymryd y fechdan dwi'n 'i chynnig iddo fo, ac yn dechra cnoi. Dwi'm 'di deud gormod wrtha fo, dim ond bo ni am fynd i gael aros mewn carafán neis wrth lan y môr.

Dwi'm yn meddwl 'i fod o'n gwbod be ydy carafán. Tydi o rioed 'di bod mewn un. Fi sy'n cofio. Fi sy'n cofio'r wythnosau braf, melyn efo Dad a Mam yn y garafán pan oeddwn i'n fychan. Pan oedd yr haul wastad yn sgleinio i mewn drwy'r ffenestri, ac yn gneud i bawb arall wenu a sgleinio hefyd.

Mae 'na sŵn injan a 'dan ni'n gweld y bỳs yn cyrraedd o bell. Un bach ydy o, am ei bod hi'n Ddolig ar bawb arall, ma' siŵr. Efo swiiiish gwlyb mae o'n stopio'n stond a ma'r drws yn agor efo swish hefyd. Mae Ben yn stopio swnian am ei 'Coco Pops' ac yn sbio i fyny arna i, fel 'sa gynno fo ddim syniad be ydy bỳs chwaith.

Dwi'n gafael yn y bag ac yn gafael yn llaw Ben yn dynn rhag ofn iddo fo redag i ffwrdd, ond dwi'n gwbod neith o ddim. Tydi'r dreifar ddim yn gwenu'n ddel, nac yn deud Dolig Llawen na dim byd fel'na, ond ma'n well gin i hynna. Dwi'n chwilio yn fy nghôt am y papur decpunt, ac am eiliad, ma' nghalon i jest â stopio 'chos dwi'n meddwl ella bo fi 'di anghofio fo dan y cloc yn fy stafall, a bo ni 'di gneud hyn i gyd i ddim, a bydd rhaid i ni gerddad yr holl ffordd adra a mynd nôl i mewn i'r tŷ a . . . Rhyfadd fel ma'r meddwl yn medru rasio fatha reid mewn ffair weithia, pan dach chi'n dychryn, yn panicio. Dwi'n gafael yn y pres, yn ei dynnu allan o'r boced, a'i roi i'r dreifar, sydd jest yn ei gymryd o heb sbio arna fo jest iawn, fel 'sa fo jest yn unrhyw hen bres, ddim y pres dwi 'di bod yn safio yn ddistaw bach ers lot cyn Dolig.

Mae o'n rhoi ticedi Ben a fi yn ôl yn lle'r pres, a mae 'na bres lliw arian a chopr a phum punt yn dŵad i lawr rhyw fraich, fatha ti'n gael yn y pwll nofio, ac yn cyrraedd rhyw bowlen ddu yn y gwaelod.

Dwi'n gafael yn y pres i gyd yn y diwedd, ond ma'n cymryd oes a dwi'n teimlo'r dreifar yn sbio arna i tra bo fi'n gneud. Mi fedra i weld Ben yn dechra stwyrian o gongl fy llygad. O'r diwedd, dwi'n cael gafael ar bob ceiniog, a dwi'n rhoi gwên fach sydyn iddo fo, ac yn paratoi i fynd i eistedd i lawr efo Ben pan ma'r dreifar yn siarad.

'Mynd am drip dach chi?'

'Holides!' medda fi, fel taswn i'n disgwyl iddo ofyn hynny ac yn barod amdano. Holides sy'n mynd i bara am byth, medda rhyw lais yn fy mhen, a dwi'n trio peidio gwenu gormod.

'Lides!' medda Ben yn ôl, a mae 'na chwerthin yn dŵad o'i wddw fo yn rhywle, a mae o'n gwenu'n ddel ar y dreifar, sy'n gwenu'n ôl.

Dan ni'n mynd i eistedd i lawr, a dwi'n methu dallt pam ma' nghalon i'n curo'n wyllt fel ma' hi pan dwi'n gorfod rhedag rownd yr iard weithia pan mae Bronwen Huws ar fy ôl isio rhoi stîd i mi am ddim byd o gwbwl.

Mae 'na ogla llwyd a hen ar y bws, a rhyw ogla finegr ne rwbath yn dŵad o'r cefn. Am ryw reswm, dwi'n meddwl am Mam, ac am funud dwi'n meddwl ella bo fi 'di gneud y peth rong yn mynd i weld Dad yn y garafán heb ddeud wrth Mam lle dwi a Ben 'di mynd. Ond dwi'n stwffio'r syniad reit i waelod y bag ac yn rhoi'r holl ddillad a'r meddylia neis ar ei ben o, nes ei fygu.

Dwi'n rhoi Ben i eistedd ar y sêt wrth y ffenast, ond dwi'n gorfod gafael ynddo fo rhag ofn iddo fo syrthio ar y llawr, achos mae o'n rhy fychan, deud y gwir, i fod ar ei ben ei hun. Mae o'n rhy fychan hefyd i fedru gweld drwy'r ffenast heb sefyll i fyny, felly dwi'n mynd i eistedd wrth y ffenast, a dwi'n rhoi Ben ar fy nglin i, fel mod i'n medru gafael yn dynn a'i fod o'n medru gweld drwy'r ffenast.

Mae 'na ddau o bobol erill ar y bỳs: un hogyn efo gwallt hir brown sydd yn gwrando ar fiwsig ar ei iphone. Dwi'n medru clywed y sŵn yn ei glustiau yn crynu ar draws llawr y bỳs tuag atan ni, rhyw 'dym dym dym' fatha sŵn calon yn curo, ond fedra i'm deud pa gân sy'n chwara, chwaith, yn yr un ffordd â fedra i'm deud be ma' Ger a Mam yn gwrando arna fo yn stafall wely Mam pan maen nhw 'di cau drws arnan ni. Eu miwsig nhw 'di o.

Y person arall ydi rhyw ddynas sydd efo gwallt gwyn yn mynd drwy ei gwallt du fatha paent, ac mae ganddi hi lipstig pinc sy'n rhy gry o lawar i rywun mor hen â hi. Ma' hi'n atgoffa fi o nain Siân Huws, ddim am ei bod hi'n edrych fatha hi, ond am ei bod hi'n sbio ar Ben a fi yn union yr un fath ag oedd nain Siân Huws wedi sbio arnan ni pan landion ni yna fora Dolig a gofyn oedd Siân isio dŵad allan i chwara.

'Ond ma' hi'n fora Dolig!' roedd yr hen ddynas wirion wedi'i ddeud, fel 'sa ni'm yn gwbod, a ro'n i'n medru clywed yr ogla twrci yn dŵad o'u cegin nhw ac yn lapio am nain Siân fatha plancad gynnas neis. Fel hynny roedd y ddynas yma'n sbio arnan ni rŵan. Stwffia hi! Hen ddynas *posh*. Ma' hi'n gafael yn ei bag fel 'sa fo'n dal trysor y byd, a'i ddal o'n dynn ati hi tra mae hi'n sbio arnan ni.

Dwi'n troi oddi wrthi hi ac yn gwasgu Ben yn dynn, ac yn ogleuo'i wallt o. Tydi'r ogla ar ei wallt o ddim cweit cystal â'r ogla arna fo pan mae o'n cysgu, ond mae o'n dal yn neis ac yn gneud i mi deimlo'n dipyn bach gwell. Mae hi'n braf cael sbio ar y byd o'r bỳs, a mae 'na aer poeth yn dŵad o rywle wrth fy nhraed, ac yn gneud i llosg eira fi frifo mwy. Mi fyddan nhw'n brifo pan fydda i yn y garafán, ma' siŵr, a finna'n gorfod tynnu'r sana, a'r bodia fatha bylbs coch. Ella neith Dad nôl pwcad efo dŵr poeth i mi, fel oedd Mam yn neud amsar maith yn ôl, a gadael i mi socian fy nhraed yn y bwcad am dipyn. Mae meddwl am hynny'n gneud i mi deimlo'n well.

Dwi'n chwara gêm chwilio am ddynion eira efo Ben pan mae o'n dechra stwyrian. Er bod yr eira yn dadmar ym mhob man, mae 'na ambell ddyn eira ar ôl o hyd, yn dal i sefyll yn ddewr i gyd yng ngerddi pobol, a'r biball yn y geg yn gam, a'r foronen yn gwyro at i lawr os nad ydi hi wedi disgyn yn barod. Mae 'na lot o ddynion eira mewn ambell i ardd 'dan ni'n ei phasio, a maen nhw'n edrych o bell fel 'sa 'na ddefaid di dengid i mewn drwy'r giât. Cystadleuaeth rhwng y plant yn y tŷ, ma' raid. Ella fod mam a thad y plant wedi rhoi gwobr neis i'r un oedd wedi ennill, a siocled poeth i bawb arall am drio.

Dwi'n teimlo pen bach Ben yn pwyso ar fy mraich dde wrth iddo fo gyrlio i fyny fel pelen. Mae o 'di blino, wedi cael ei godi o'i wely mor fuan. Mi faswn i'n licio gwbod pa mor bell ydan ni o'r lle, fel bo fi'n gwbod am faint fedra inna gau llygad, a chogio bo ni yna'n barod, yn y garafán fach ddel a'i ffenast fawr yn sbio allan ar y môr, a bloda plastig bach ar y bwrdd dach chi'n blygu i fyny o'r ffor' os dach chi isio, a sŵn y gwynt yn swnio fel sŵn gwynt mewn ffilm.

Prestatyn. Preeeestaaatyn. 'Nes i sgwennu enw'r lle ar damad o bapur, rhag ofn i mi fynd yn blanc fatha 'nes i yn y prawf hanas yna yn yr ysgol, a mhen i'n llawn o ddim byd. Ond dwi 'di bod yn deud yr enw wrtha fi fy hun, fatha 'swn i'n sugno peth da yn fy ngheg. Jest i mi ddeud yr enw o flaen Mam, a 'nes i stopio fy hun mewn amsar. Dim ond un peth ma'r enw Prestatyn yn 'i olygu i Mam, a Dad 'di hwnnw, ac ar y funud, dyna'r enw ola ma' Mam isio'i glywed wrth iddi hi a Ger . . . Eniwê, 'nes i ddim deud, wrth lwc.

Ac wedyn ma'r bws yn stopio a ma' 'na rywun arall 'blaw fi yn deud 'Prestatyn!' a'r dreifar bws 'di hwnnw, fel 'sa fo 'di bod yn darllan fy meddylia fi, a ma' hynna'n crîpi.

Ma' raid bo fi 'di neidio, achos mae Ben yn deffro ac yn edrych o'i gwmpas, yn amlwg heb ddim syniad o gwbwl lle mae o. Dwi'n ei helpu o i ddod i lawr o'r sêt ac yn trio gneud yn siŵr fod ei fag o yn fy llaw i, a bod fy mag i yn saff gin i, a wedyn 'dan ni'n gneud ein ffordd rwsut i ffrynt y bws, gan deimlo llygaid pawb arnan ni. Mae dreifar y bws yn rhyw hanner gwenu wrth i ni ei basio, ac yn deud rhwbath dan ei wynt, ond sgin i'm amsar na mynadd i ofyn be iddo fo, ac wedyn ymhen dim 'dan ni . . . yma. Yn sefyll ar y pafin ac yn edrych ar din y bws yn mynd yn llai ac yn llai wrth iddo fo fynd i lawr y stryd oddi wrthan ni. Mae Ben yn sbio i fyny arna i, ac yn gwenu'n ôl arna i pan dwi'n gwenu arna fo, ac yn nythu ei law bach o yn fy llaw i, a ma' hi'n boeth boeth wrth 'i fod o newydd ddeffro.

Dwi'm yn gwbod lle 'dan ni'n mynd rŵan. Ond dwi'n gwbod mai wrth lan y môr ma'r garafán, am bo fi'n cofio clywed sŵn y tonnau'n taro yn erbyn y cerrig mawr sydd rhwng y parc carafanau a'r môr. Ac wedyn dwi'n ei weld o. Yr arwydd 'To the beach/ I'r traeth' wedi hanner pilio i ffwrdd, ond yn dal yn glir.

'Ty'd, Ben! Ffor'ma!' medda fi, ac ma' raid bod Ben 'di dallt mod i'n swnio fel bo fi'n gwbod be dwi'n neud a lle dwi'n mynd, achos mae o'n dŵad efo fi heb draffarth. Mae o'n dechra sgipio, a dwi'n chwerthin, a dw inna'n dechra sgipio hefyd, wrth i ni fynd ar hyd y lôn i gyfeiriad y traeth. Dwi'n teimlo mor hapus mod i'n gwbod lle dwi'n mynd, fod yr antur fawr ar ben, a mod i am fod yng ngharafán Dad yn munud, yn yfad panad ne siocled poeth, ac yn edrych mlaen at be 'dan ni'n mynd i neud nesa: Dad a fi a Ben. A sut 'dan ni'n mynd i drio ca'l Mam yn ôl atan ni i'r garafán.

O'n i 'di meddwl 'swn i'n nabod y garafán yn syth bin. Roedd hi wedi bod yn garafán mor wahanol i bob carafán arall yn fy meddwl i, wedi sgleinio'n fwy na'r lleill, wedi bod efo paent oedd yn smartiach na'r un garafán arall. Ond wrth sefyll yma rŵan efo Ben, ynghanol y pentre yma o garafanau eraill, dwi'n dechra meddwl ella ma' crwydro i fyny ac i lawr pob rhes fydda i tan i Ben a fi fynd yn hen hen a methu cerdded dim mwy. Ma' dwylo poeth Ben wedi dechra oeri eto, a dwi'n teimlo'r gwynt fel cyllall yn torri drwy nghôt i.

Ym mhen draw'r rhes mae hi yn y diwedd; wel, ym mhen draw ond un y rhes, drws nesa i garafán sy'n edrych fel tasa hi'n barod i syrthio i'r llawr efo'r chwa nesa o wynt. Faswn i ddim 'di nabod y garafán, chwaith, o be o'n i'n gofio ohoni, heblaw bod 'na ddyn yn agor drws y garafán ac yn dŵad allan ohoni, fel 'sa fo'n disgwyl amdanan ni. Ond tydi o ddim yn edrych arnan ni i ddechra. Mae o'n rhy brysur yn pesychu i mewn i ryw hances fawr lwyd, a gafael yn ochr y garafán wrth i'w gorff o ysgwyd a chrynu wrth iddo fo neud. Wedyn, mae o'n chwyrnu fel ci. Dim Dad ydi o, achos ma' gin Dad wallt melyn at 'i sgwydda, a *dimples* bach yn ei foch pan mae o'n gwenu arnan ni.

Ond wedyn pan mae o'n sylwi bo ni yna, a sbio reit arnan ni, dyna pryd dwi'n 'i nabod o. A dyna pryd mae o'n ein nabod ni hefyd.

'Dad?' medda fi, a theimlo bo fi i fod i glywed rhyw fiwsig yn y cefndir, fel sydd 'na ar y teli pan mae 'na ddau heb weld ei gilydd ers amser hir, hir. Ond does 'na'm byd fel'na. Ma'r gwynt yn bachu'i enw fo ac yn ei daflu o i gyfeiriad y môr, yn ei hyrddio fo yn erbyn y wal 'na o gerrig mawr sy rhwng y garafán a'r tonnau.

'Dad?' medda fi eto.

Dwi'n teimlo llaw fach Ben yn gwingo isio dŵad yn rhydd o fy llaw i, ond dwi'n dal gafa'l fel cranc, yn dal yn dynnach nag erioed yn ei law fach oer o.

'Asu, be uffar . . . Llinos?' medda fo, ac wedyn mae'n deud 'Llinos' eto fel 'sa fo'n methu coelio. Ond dim methu-coelio-hapus ydi o. Mae 'na wynt oerach yn dŵad o rwla.

'Be uffar . . . Be ti'n . . . A be ma' hwn yn neud efo chdi?'

Hwn.

'Ben,' medda fi, ac mae Ben yn clywed ei enw ac yn ei ddeud ar f'ôl i, yn swil i ddechra, a wedyn drosodd a throsodd fel bod ei enw fo'n mynd yn un sŵn hir, hir.

'Benbenbenbenbenben . . .'

Tydi Dad i'w weld ddim yn licio hyn, ac mae o'n sbio oddi wrth Ben ac yn ôl ata i.

'Dolig Llawen . . .?' medda fi, fel tasa deud y geiria 'Dolig Llawen' hefyd fel rhyw eiria hud sy'n mynd i neud pob dim yn iawn, a gneud i bob dim fynd yn ôl i fel roeddan nhw stalwm stalwm efo'r bloda plastig ar y bwrdd bach a Mam a fi a Dad yn chwerthin.

'Rhaid i mi 'i ffonio hi. Dy fam. Mi fydd hi'n poeni.'

Yn poeni. Yn poeni bod rhyw ddyn drwg yn cael gafael arnan ni, yn poeni bod 'na bwci bo rownd cornel pob stryd. Tydi Mam yn dallt dim. Ddim yn dallt ma' rhedag i ffwrdd er mwyn bod yn saff dan ni. Nid rhedag i wynab trwbwl, ond dianc i ffwrdd oddi wrtha fo! Rhedag at Dad yn y garafán, rhedag i gael siocled poeth mewn carafán sgleiniog a gwrando ar sŵn y gwynt a'r tonnau. Rhedag yn ddigon pell oddi wrth rywun sydd efo ogla wisgi arna fo pan mae o'n trio dy gusanu di, sydd efo barf fach bigog yn trio tyfu pan mae o'n rhwbio'i wyneb yn dy erbyn di, yn gneud i dy groen di wingo, a brifo a . . .

'Ma' Mam yn gwbod,' medda fi. 'Mam helpodd fi bacio'r bag, a gneud bechdana i Ben, 'de, boi?'

Rywsut, tydi deud petha da chi isio fod yn wir ddim yn teimlo fatha clwydda.

Dwi'n teimlo llaw fach Ben yn dechra aflonyddu eto, fel creadur bach yn sownd mewn caets.

Wrth glywed hyn, mae Dad yn codi ei ben ac yn synhwyro'r aer ac yn gneud i mi feddwl am y ci drws nesa. Dydy o'n deud dim am dipyn ac yna mae o'n sbio eto arnan ni – ar Ben ac wedyn arna i, a dwi isio cau'n llygaid a gobeithio neith Ben ddim dechra stwyrian na deud bod o isio pipi ne neud y peth lleia i neud i Dad newid ei feddwl a diflannu'n ôl i'r garafán.

'Well i chi ddŵad i mewn, 'lly, ma' siŵr . . .' medda fo, ar ôl amsar hir. Mae ei lais o'n finiog, fel rhew.

Dim ond wrth i Ben a fi eistadd i lawr ar y sêt fach gul a syllu ar y doman o bapura newydd a'r cania cwrw a'r llwch sigaréts yn y bowlen lefrith, dim ond wedyn dwi'n sylwi does 'na ddim bloda plastig i'w gweld yn agos i'r lle.

A rhywsut, mae 'na sŵn gwahanol gan wynt wrth iddo fo wthio'i fysedd yn bowld rhwng craciau'r garafán.

Geiriau croes

'C-Y-F-A-R-C. . .' Cododd Lettie Thomas y deilsen fach bren rhwng ei bys a'i bawd a'i gosod yn ofalus ar y sgwaryn coch yng nghornel eithaf y bwrdd chwarae o'i blaen. 'A dyma ni'r H . . . CYFARCH,' cyhoeddodd yn fuddugoliaethus cyn pwyso'n ôl yn ei chadair ac edmygu ei champ.

Nid yn aml y byddai'n trechu ei gŵr mewn gornestau geiriol o'r fath ond gwyddai, er hynny, fod mwy o obaith iddi ei drechu fel hyn nag ar lafar. Gwyddai hefyd fod ei chyfraniad ysbrydoledig ychydig eiliadau ynghynt yn ddigon iddi fynd â hi y tro yma – o drwch blewyn. Teimlodd y mymryn lleiaf o wên yn ymffurfio ar ei gwefusau a gwibiodd ei llygaid direidus i gyfeiriad ei gŵr fel y câi weld ei wep a mwynhau mesur ei siom. Syllu'n ddifynegiant ar y croesair o'i flaen a wnâi hwnnw, heb ddatgelu'r arwydd lleiaf o orchfygiad. Drwy gydol eu priodas hir, roedd cael y gair olaf, boed ar lafar neu mewn gemau cystadleuol ymddangosiadol ddiniwed, wastad wedi bod yn beth mawr yn ei olwg. Arferai Lettie feddwl taw pengaledwch gwrywaidd oedd wrth wraidd ei awydd diflino i ennill, ond daethai i sylweddoli ers tro fod y ddamcaniaeth honno'n llawer rhy ddiog a chyfleus. Yr hyn oedd yn bwysig i'w gŵr oedd peidio ag ildio, ac er taw dwy ochr o'r un geiniog oedd y ddwy agwedd yn eu hanfod, roedd 'na wahaniaeth sylfaenol hefyd.

Cydiodd Lettie yn ei gwydryn a eisteddai ar fraich y gadair esmwyth foethus a'i godi at ei gwefusau. Cymerodd lymaid o'r G & T a chael blas ar y swigod bach pefriog yn bwrw cefn ei cheg. Yna dododd y gwydryn yn ôl ar y fraich fel cynt a phwyso yn ei blaen, yn benderfynol o wneud sioe fawr o symud pob teilsen newydd yn unigol er mwyn datgelu'r manylion yn y sgwâr oddi tani a chyfrif faint o dolc roedd ei gorchest wedi'i achosi i hyder ei gŵr.

'Dere weld nawr – pedwar ac un yw pump ... a dou yw saith ... a dou am yr A achos bod ni'n dyblu'r sgôr. Faint yw hwnna, gwêd? Naw ... ac un yw deg ... a phedwar yn neud un deg pedwar, a phedwar arall yn rhoi un deg wyth. Un deg wyth tair gwaith achos bod ni'n treblu'r gair ... dyna gyfanswm o bum deg pedwar. Odw i'n iawn? Pum deg pedwar, myn yffarn i! Dyna'r un gore ers tipyn. Wel, wel, wel, a jest mewn pryd hefyd. Shgwl, do's fawr ddim ar ôl,' cyhoeddodd â syndod ffug wrth roi ei llaw i mewn i'r cwdyn er mwyn dewis o blith yr ychydig lythrennau a oedd yn weddill.

Yr eiliad honno, roedd Lettie ar ben ei digon. Ysgrifennodd ei sgôr newydd ar y darn papur wrth ei phenelin, yn ymwybodol fod llygaid ei gŵr wedi'u serio ar ei chorun brith. Yn y funud, âi drwodd i'r gegin i ddechrau paratoi'r bwyd at yfory. Er nad oedd yr un gronyn o chwant gwneud hynny arni mewn gwirionedd, o gofio pwy oedd yn dod, roedd ei buddugoliaeth fach annisgwyl eisoes wedi dechrau lliniaru'r anniddigrwydd fu'n cyniwair ynddi drwy'r prynhawn. Nid y dasg ei hun fu'n ei phigo fel y cyfryw ond y patrwm caethiwus, gorgyfarwydd: y diffyg menter. Yr un dewis plaen fyddai'n gorfod bod ar y fwydlen eto eleni a'r un rhai fyddai'n ei fwyta, fel pob Dydd Nadolig arall ers cyn cof.

'Mae'n dda 'da fi weld bod dy ddonie gyda rhife'n well na dy ddonie gyda geirie,' meddai Berwyn Thomas gan dorri ar draws myfyrdodau ei wraig. Roedd e wedi dala'n ôl tan nawr ac wedi amseru ei sylwadau er mwyn sicrhau'r effaith fwyaf.

'Am beth wyt ti'n sôn, Berwyn bach?'

'Nage fel'na mae sillafu CYFARCH.'

'Nage fe? Goleua fi. Shwt yn gwmws fydde Mr Thesawrws yn ei sillafu fe 'te?'

'Y ffordd gywir.'

'Wel, yn hynny o beth dy'n ni ddim gwahanol i'n gilydd. Mae'r ffordd wy wedi'i sillafu'n hollol gywir, hyd y gwela i.'

'Nag yw ddim. CH sydd yn CYFARCH, nage C a H fel sy gyda ti. CH . . . fel yn ARCH.'

Roedd wyneb Berwyn Thomas mor sobor â sant ond y tu ôl i'w sbectol anffasiynol o fawr pefriai ei lygaid â sicrwydd cadno yng ngolau lleuad a wyddai ei fod e wedi rhwydo'i brae yn bert.

'Neu PARCH,' heriodd Lettie, ei hyder yn pylu'n gyflym.

'Neu HUNAN-BARCH. Ac os wyt ti'n mynd i ddadle bod dy fersiwn erthyl di o'r gair 'ma'n gywir, rwyt ti wedi colli pob tamed o hwnnw,' meddai Berwyn gan chwifio'i law'n ddibrisiol tuag at y llythrennau wrth wraidd yr anghydfod. 'Fe gei di gadw'r gair os o's CH 'da ti, ond hyd yn oed wedyn dyw e ddim yn mynd i fod yn ddigon hir i fynd â ti at y sgwaryn coch er mwyn treblu dy sgôr.'

Taflodd Lettie Thomas gip cyhuddgar at y bwrdd chwarae cyn codi ar ei thraed yn ddisymwth. Cydiodd yn ei gwydryn a llyncu gweddill ei G & T, ynghyd â'i balchder, ar ei ben.

'Reit, well i fi ddechre crafu'r *veg* at fory 'te,' meddai heb edrych ar ei gŵr.

Ar hynny, trodd ar ei sawdl ac anelu am y gegin gan ei diawlio'i hun am fod mor esgeulus ac am fod mor barod i glochdar.

Gwyliodd Berwyn Thomas ei wraig yn rhuthro heibio i'r goeden Nadolig artiffisial, ddi-ddim a diflannu trwy ddrws y lolfa, ac ymledodd gwên fawr ar draws ei wyneb. Estynnodd am y botel wisgi a wthiwyd naill ochr ganddo tra oedd y chwarae'n mynd yn ei flaen ac arllwys mesur hael i'w wydryn. Yna yfodd joch a phwyso'n ôl yn ei gadair yn fodlon â'i berfformiad. Âi drwodd i'w helpu yn y man, meddyliodd, ond ddim eto. Gadawai lonydd iddi am ychydig er mwyn rhoi amser iddi lyo'i briwiau. Wedi deugain mlynedd a mwy o lân briodas roedd e wedi dysgu taw dyna'r dacteg orau. A beth bynnag, doedd e ddim yn barod eto i godi pontydd – tymor ewyllys da ai peidio – nac i ollwng y teimlad braf a ddaethai drosto yn sgil ei gyfle lwcus. Achos dyna oedd e. Y gwir amdani oedd y gallai hithau fod wedi ennill yr ornest, er iddi gawlio pethau, petai hi wedi dyfalbarhau. Roedd e eisoes wedi ystyried ildio gan nad oedd unman arall iddo fynd â'r llythrennau oedd ganddo ar ôl ond, ac yntau ar fin gwneud yr union beth, dyma hi'n codi ar ei thraed a chilio. Cerdded bant yn lle dal ei thir.

Roedd cerdded bant wastad wedi dod yn haws iddi, erbyn meddwl. Dyna fyddai ei greddf naturiol bob tro y byddai 'na unrhyw beth mwy difrifol na rhyw fân gecru yn tarfu ar y tawelwch teuluol. Arferai hynny ei flino, yn enwedig yn y blynyddoedd cynnar oherwydd, trwy gerdded i ffwrdd, byddai hi'n sbaddu unrhyw angerdd iach ac yn difa'r posibilrwydd lleiaf o fynd i'r afael â'r gynnen go iawn. Byddai'n difa trafodaeth, yn gwahodd y cymylau. Dyna pryd y byddai e, Berwyn, yn dyheu am gymar a chanddi fwy o blwc ond, o dipyn i beth, daethai i ddeall taw rhoi ei fersiwn ei hun o ffeministiaeth ar waith roedd Lettie, ac nad oedd dim byd llipa yn ei chylch o gwbl. Hon oedd ei ffordd hithau o gael y llaw drechaf a'i amddifadu o'r gair olaf. Erbyn amser gwely, byddai'r cymylau'n sicr o fod wedi cilio a byddai bywyd yn bwrw yn ei flaen fel cynt.

Unwaith yn unig y gwrthododd y cymylau gilio. Yfodd Berwyn lymaid o'i ddiod a chraffu ar yr hylif euraid yn chwyrlïo o gwmpas gwaelod ei wydryn wrth iddo'i fagu yn ei law. Gallai deimlo'r gwres yn codi yn ei wyneb wrth gofio'i anallu i wneud dim i'w helpu ar y pryd. Sawl gwaith roedd e wedi rhwygo'i hunan yn ddarnau am na welsai ei hargyfwng yn crynhoi? Wedi'r cwbl, o edrych yn ôl, bu'r arwyddion i gyd yn eu lle am wythnosau cyn y diwrnod mawr. A phob cam o'r ffordd adref yn y car y diwrnod mawr hwnnw, prin fod ei wraig wedi yngan gair wrth i'r galar ei llethu. Achos galar oedd e, reit i wala, er nad oedd neb wedi gwneud dim byd mor eithafol â marw. Ond i Lettie, roedd yn derfynol. Roedd yn ddiwedd ar y byd y gwnaethai gymaint i'w feithrin.

Newydd gyrraedd y tŷ oedden nhw, a'r ddelwedd o Steffan yn gwenu'n hyderus yng nghanol criw o ddarpar feddygon eraill yr Ysgol Feddygaeth yng Nghaerdydd yn fyw yn ei feddwl o hyd. Roedd y wên honno, a rhwyddineb ei osgo wrth ymwneud â'i ffrindiau newydd, yn gadarnhad o awydd Steffan i dorri ei gŵys ei hun, fel miloedd o rai tebyg. A llanwyd Berwyn â balchder. Ond wrth i'r car gychwyn cropian ar hyd maes parcio'r neuadd breswyl tuag at yr allanfa, gwelodd Berwyn ei fab yn mynd yn llai ac yn llai yn y drych bach wrth ei ben nes diflannu o'r golwg. Cadw ei lygaid ar y ffordd o'i blaen wnaeth Lettie, heb edrych wysg ei chefn. Roedd hi eisoes wedi deall ei hyd a'i lled hi, ond ni ddeallodd Berwyn yn iawn hyd nes iddo agor y drws i'w cartref cysurus yng Nghwm Gwendraeth awr a hanner yn ddiweddarach. Dyna pryd y sylweddolodd taw dod i delerau â dyfodol gyda'i gilydd, ond ar eu pen eu hunain, oedd y llwybr tebygol i'r ddau ohonyn nhw o hynny ymlaen.

Dringodd Lettie'r staerau a mynd ar ei hunion i'r ystafell wely gan adael Berwyn yn y lolfa i ystyried eu ham-gylchiadau newydd. Arhosodd hi yn y gwely weddill y penwythnos, a phan ymddangosodd yn hwyr ar y nos Sul roedd e'n gallu gweld o'i golwg fod amser wedi gwneud ei waith. Daeth i eistedd wrth ei ochr ar y soffa bantiog a rhoi ei phen i orffwys ar ei ysgwydd, ac yn y weithred ddi-ddweud honno gadawodd iddo wybod y bydden nhw'n iawn, y bydden nhw'n dod drwyddi. Eisteddon nhw felly tan yr oriau mân a phan siaradodd Lettie o'r diwedd, y cyfan a ddywedodd oedd fod bechgyn yn barotach na merched i adael y nyth. Aeth Berwyn ddim i ddadlau â hi, gan dybio nad dyna oedd yr amser priodol i gwestiynu ei hathroniaeth syml. Eto, arhosodd ei geiriau gyda fe am beth amser cyn ymdoddi i'r ether wrth i'r wythnosau fynd yn eu blaen.

Daeth Steffan adref ddiwedd y tymor cyntaf hwnnw a threulio'r Nadolig gyda nhw fel cynt. Am fis cyfan llanwyd y tŷ â stŵr a chynnwrf llanc pedair ar bymtheg oed. Y Nadolig dilynol, digwyddodd yr un peth. Erbyn y drydedd flwyddyn roedd ganddo gariad, a chyhoeddodd y byddai'n mynd i aros gyda hi yn Cheltenham. Dim ond pan ddywedodd e, ar ddiwedd ei hyfforddiant, ei fod yn bwriadu mynd i weithio mewn ysbyty yn Lerpwl y daeth geiriau Lettie'n ôl i daro Berwyn ar ei foch.

Dihunwyd e o'i synfyfyrio pan glywodd sŵn sosbenni'n clecian yn y gegin. Cododd ar ei draed a rhoi ei law ar gefn y gadair esmwyth er mwyn ei sadio'i hun wrth deimlo'r arwydd lleiaf o'r bendro arno. Gwgodd ar ei wydryn gwag ac yna lledwenodd. Pam lai? Noswyl Nadolig oedd hi, wedi'r cyfan. Croesodd y carped brown, patrymog gan bwyll bach, ond cyn mynd trwy'r drws ac ymuno â Lettie yn y gegin, stopiodd wrth y seidbord hir o bren tywyll ac edrych ar y garden heulog, anghydnaws a feddiannai'r prif le yng nghanol rhes o gardiau eraill tipyn mwy syber. Roedd ei gwreiddioldeb yn drawiadol. Rhythodd Berwyn ar wyneb glân ei fab ac yna ar ei ferch-yng-nghyfraith cyn gadael i'w lygaid lanio ar ei ŵyr a'i wyres nad oedd e wedi cwrdd â nhw ond unwaith erioed. Eisteddai'r pedwar yn eu dillad nofio ar ryw draeth dilychwin heb fod ymhell o'u cartref. Am eu pennau roedd hetiau Siôn Corn gwirion a gwenai pawb yn braf. Chwarddodd Berwyn ac ysgwyd ei ben wrth ddarllen y neges Gymraeg a brintiwyd yn broffesiynol ar draws yr awyr las yn rhan uchaf y llun: 'Cyfarchion Cynnes o Seland Newydd'. Syllodd ar y geiriau ac ar y llythrennau unigol, pob un mewn lliw gwahanol. Roedd Steffan, o leiaf, wedi cofio taw un llythyren oedd CH.

'Rho rwbeth i fi neud,' meddai Berwyn wrth sleifio i mewn i'r gegin drefnus a mynd i sefyll wrth ochr ei wraig.

Edrychodd Lettie arno'n ddifynegiant.

'Gei di gwpla crafu'r rhain os ti'n moyn,' meddai a dodi'r gyllell fach oedd yn ei llaw i orwedd ar ben yr uned o'i blaen, wrth ochr y pannas a'r moron oedd ar eu hanner. 'Af i 'mla'n i baratoi'r ham.'

Cerddodd Lettie draw at yr oergell a chamodd Berwyn i'r gofod a adawsai ar ei hôl. Ni ddywedodd y naill na'r llall yr un gair am rai munudau a llanwyd y mudandod gan lif y tap dŵr oer yn tasgu yn y sinc a sŵn undonog llysiau'n cael eu crafu.

'Faint o'r gloch gawn ni'r alwad bore fory, ti'n meddwl?' gofynnodd Berwyn ymhen hir a hwyr.

'Mmm?'

'Steffan. Faint o'r gloch ti'n meddwl gysylltith e ar Skype?'

'O, o'n i'n ffaelu deall beth o't ti'n ... wel, yr un pryd ag arfer, siŵr o fod. Naw, hanner awr 'di naw ffor'na, achos erbyn i ni godi byddan nhw'n moyn mynd i'r gwely. Byddan nhw wedi bod ar eu tra'd drw'r dydd yn barod. Pam ti'n holi?' gofynnodd hi wrth ddodi'r ham i eistedd yn y badell fwyaf oedd ganddi.

'Dim ond meddwl, 'na i gyd. Fi o'dd yn dishgwl ar eu carden Dolig nawr.'

'A'r hete twp 'na am eu penne. Gobitho nag o'dd neb arall ar y tra'th i weld eu nonsens. Sdim tamed o ots 'da Steffan ni. Sdim cywilydd yn perthyn iddo fe,' meddai Lettie.

'Wy'n siŵr nage nhw fydde'r unig rai yn Auckland i dynnu llun mewn dillad nofio a het Siôn Corn er mwyn gallu hala carden bersonol 'nôl i'r henwlad. Cofia, mae e bownd o fod yn deimlad od y diawl i ddathlu Dolig yn yr haf,' ychwanegodd Berwyn a throi at ei wraig. Gallai weld ei bod hi'n gwenu. Roedd y cymylau wedi cilio. Bu ei hadferiad yn gymharol rwydd. Cerddodd e draw i'r man lle safai o flaen y stôf, y gyllell fach yn dal yn ei law, a phlannu cusan ar ei boch.

'Cer odd, 'ma, Berwyn Thomas. Ti 'di ca'l gormod i' yfed,' meddai a ffugio anniddigrwydd.

'Ddim gormod fel ei fod yn effeithio ar 'y ngallu i sillafu,' saethodd yntau'n ôl, gan farnu bod pryfocio'n declyn saff i'w ddefnyddio unwaith eto.

'Gad hi nawr.'

'Ti ddechreuodd e.'

Rhoddodd Berwyn ei freichiau am ei chanol a'i thynnu tuag ato, y gyllell fach yn pwyntio tuag allan.

'Bydd di'n garcus 'da honna,' rhybuddiodd hi.

'Paid ti â rhoi achos i fi neud dim byd twp, 'te.'

''Se'n dda 'da fi 'sen nhw'n byw yn y wlad hon.' Yn sydyn, tynnodd Lettie'n rhydd o'i afael a phlygu ei phen. 'Gallen ni fod yn deulu normal wedyn.'

'O's 'na shwt beth â theulu normal yn bodoli?'

'Digon posib nag o's, ond fe weda i un peth wrthot ti, mae 'na filoedd ar filoedd o deuluoedd mwy normal na'r un yma.'

'Dere nawr.'

'Wel, mae'n wir! Mynd trwy'r mosiwns fyddwn ni 'to bore fory. Ac ar ôl esgus a wherthin, bydd Steffan ni'n gallu mynd i'r gwely a chysgu fel mochyn gan wbod bod ei fam a'i dad draw yng Nghymru fach yn ddiolchgar am hanner awr o sgwrs ar Skype ar Ddydd Nadolig.'

'Mae'n gwitho'r ddwy ffordd, cofia. Wyt ti erio'd wedi

ystyried walle fod dy fab yn gweld eisie ei fam a'i dad? Mae bywyd yn ein tynnu ni i'r llefydd rhyfedda.'

Bwrw iddi i dendio'r ham fel cynt wnaeth Lettie, heb ymateb i sylwadau diwethaf ei gŵr. Gwyddai yn ei chalon fod ei ddadl syml yn dal dŵr, a gwyddai ei bod hi wedi hen ddod i arfer â bod yn fam ac yn fam-gu ar-lein. Eto, ni allai lai na theimlo bod ei phrotest fach hithau'n dal dŵr hefyd, yn enwedig o ystyried nad oedd y trefniant Nadoligaidd a etifeddodd pan symudodd Steffan i ffwrdd yn fawr o beth. Ar ôl diffodd y cyfrifiadur bore yfory, ni fyddai dim i'w chadw rhag ei diflastod blynyddol.

'Faint o'r gloch maen *nhw*'n dod fory?' gofynnodd hi.

'Pwy, Glyn a Carys?'

'Wel, smo ni'n dishgwl neb arall, Berwyn bach. Ie, Glyn a Carys . . . fel pob Dolig arall.'

'Dod erbyn un maen nhw fel arfer. Ti'n gwbod 'na'n nêt.'

'Odw, gwaetha'r modd. Un ar ei blydi ben.'

'Wel, pam ti'n gofyn 'te?'

'Rhyw hanner gobitho o'n i yn 'y nhwpdra fod ti 'di ca'l galwad ffôn walle . . . neges i weud bod nhw'n bwriadu newid patrwm o's ac yn mentro neud rhwbeth gwahanol am y tro cynta yn eu bywyde bach di-liw. Byw ar ymyl y dibyn a dod erbyn wyth munud wedi . . . neu ugen munud wedi, yn lle un o'r gloch ar ei ben . . . neu bod nhw wedi penderfynu treulio Dydd Nadolig ga'tre'n borcyn ar eu pen eu hunen. Duw a'n gwaredo!'

'Beth sy'n dy gorddi *di*'n sydyn reit?'

Rhythu i fyw llygaid ei gŵr wnaeth Lettie heb drafferthu lleisio'i hymateb. Yna trodd i agor drws y cwpwrdd bwyd wrth ymyl ei phen a thynnu pot marmalêd ohono. Fe'i gosododd yn glep ar yr uned o'i blaen cyn plygu i estyn am y blwch perlysiau a sbeisys a gedwid o'r golwg yn y cwpwrdd oddi tani. Chwiliodd yn brysur drwy'r potiau bach gan dynnu ambell un allan o'r blwch bob hyn a hyn a'i ddodi'n swnllyd wrth ochr y marmalêd nes bod hanner dwsin o rai digon tanllyd yr olwg yn eistedd gyda'i gilydd mewn rhes. Gwyliodd Berwyn y cyfan â phryder cynyddol.

'Glyn yw 'mrawd i,' meddai Berwyn ymhen tipyn, wrth synhwyro'r awyrgylch yn prysur suro gyda phob eiliad newydd o'u tawedogrwydd.

'Wy'n gwbod 'ny! Oni bai am y ffaith anffodus honno, wyt ti wir yn meddwl bydden i wedi godde ymwelwyr mor blydi ddiflas bob Dolig fel hyn – y fe a'r sgrafell o wraig sy gyda fe?'

'Tylwyth y'n nhw ... mae tylwyth yn dod at ei gilydd amser Dolig.'

'Steffan a'i deulu yw'r unig dylwyth wy'n moyn ar yr aelwyd hon amser Dolig. Nhw ddylse fod 'ma, nage dy frawd a honna. O's rỳm ar ôl 'da ni?'

'Rỳm?'

'Ie, rỳm.'

Aeth Berwyn drwodd i'r lolfa i chwilio yn y cwpwrdd gwydr. Daeth o hyd i botel o Captain Morgan a dychwelyd at ei wraig, ei feddwl ar chwâl. Gwelodd fod Lettie eisoes wedi chwarteru dau winwnsyn coch a'i bod ar fin ymosod ar y tsilis a'r garlleg a oedd yn disgwyl min ei chyllell.

'Hwre, dyma ti,' meddai.

Dododd Berwyn y botel ar yr uned, wrth ochr y sbeisys a'r marmalêd, cyn mynd draw i bwyso yn erbyn y sinc. Gallai deimlo oerni'r metel yn saethu trwy ei ddwylo ac ar hyd ei freichiau. Y gwir amdani oedd ei fod e'n cytuno'n llwyr â'i hasesiad di-lol.

'Wyt ti'n moyn i fi ffono nhw i ganslo?' gofynnodd e ymhen ychydig.

Trodd Lettie i'w wynebu. Gwelodd y cysgod oedd wedi disgyn ar draws ei wyneb ac roedd yn flin ganddi. Nid â'r dyn hwn roedd ei ffrae. Os oedd bai, roedd hithau lawn mor euog.

'Paid â bod mor dwp, ddyn. Shwd allen ni ganslo? Gelen nhw haint.'

'Wel, ti yw'r un sy'n poeri gwa'd, nage fi.'

'Wyt ti'n synnu?'

'Sa i'n gweud llai ond . . .'

'Gwranda, tasen ni'n canslo 'sen ni'n gorfod hala trw'r dydd fory yn Ysbyty Glangwili ar ôl i'r ddou ohonyn nhw ga'l eu rhuthro yno mewn ambiwlans ar ôl ca'l pwl o rwbeth cas. Dyw dy frawd a'i wraig erio'd wedi neud dim byd yng ngwres y foment. Bydde canslo'n ddigon amdanyn nhw!'

Aeth hi'n ôl at ei thasg o dorri'r tsilis.

'A ta beth,' ychwanegodd, 'allen ni ddim byta'r holl fwyd 'ma ar ein pen ein hunen. Mae'r ham 'da ni a digon o dwrci i borthi'r pum mil. Sa i hyd yn o'd yn lico twrci.'

'Na finne.'

'Pam y'n ni'n ei brynu fe bob blwyddyn 'te? Ni'n rhy sofft, ti a fi. Wastad wedi bod. Y'n ni'n gadel i bobol erill neud fel mynnon nhw 'da ni . . . hyd yn o'd Steffan. Os yw'r ddou arall 'na'n dod aton ni am fwyd, dylen nhw dderbyn beth sy'n ca'l ei roi iddyn nhw'n ddirwgnach. Ond yn lle hynny, maen nhw'n tynnu gwep os o's cymaint â hanner sôn bod rhwbeth mwy egsotig na blydi twrci a thatws wedi'u berwi yn mynd i fod ar eu plât!'

Ar hynny, dechreuodd Lettie roi'r sbeisys, ynghyd â'r garlleg, y tsilis a'r winwns, yn y prosesydd bwyd ac yna'i droi ymlaen. Edrychodd yn fodlon ar y cynhwysion yn chwyrlïo o gwmpas y bowlen. Nesaf, diffoddodd y peiriant ac ychwanegu mesur hael o'r rỳm a joch o finegr at y cymysgedd a thanio'r cyfan eilwaith. Llanwyd y gegin â phrotest sgrechlyd y peiriant. Gwenodd Lettie.

'Mae'n gwynto'n ffein. Beth yw e?' gofynnodd Berwyn pan ostegodd y sŵn o'r diwedd.

'*Jerk*.'

'O, 'na fe 'te' oedd ei unig sylw.

'A gei di watsio fi'n ei rwto fe i mewn i'r ham wedyn.'

'I'r ham?'

'Ie, mae'n hen bryd inni ga'l rhwbeth â thamed o gic iddo fe.'

Rhoddodd Berwyn flaen ei fys bach yn y cymysgedd a'i godi at ei geg.

'Yffach gols, mae'n bo'th!'

Chwarddodd Lettie am ben ystumiau eithafol ei gŵr wrth iddo ffanio'i geg â'i law.

'Wrth gwrs ei fod e'n bo'th, y diawl twp. Fe welest ti beth roies i ynddo fe, ond bydd yr holl beth yn wych pan ddaw e mas o'r ffwrn, gei di weld.'

'Ti'n meddwl? Sa i'n credu bydd Glyn na Carys yn lico fe.'

'I'r dim! Lico fe ai peidio, dyna maen nhw'n ga'l.'

Ar hynny, agorodd hi ddrws y ffwrn led y pen a gosod y badell a ddaliai'r ham a'r dŵr sbeislyd ar y silff ganol. Gwenodd Berwyn.

'Un ddrwg wyt ti, Lettie Thomas . . . diawles fach ddrwg.'

'Weden i bo fi'n debycach i santes am odde'r ddou 'na gyhyd. Ond o hyn 'mla'n, dod ar ein telere ni fyddan nhw. Un ai hynny neu gewn nhw aros ga'tre.'

Casglodd Lettie'r potiau sbeisys a pherlysiau ynghyd a'u rhoi nhw'n ôl yn y blwch gyda'r gweddill. Sychodd wyneb yr uned yn lân ac aeth draw at y sinc i olchi'i dwylo cyn cydio mewn tywel a throi i wynebu ei gŵr.

'Reit,' meddai wrth roi'r tywel bach yn ôl ar y bachyn, 'wyt ti'n ffansïo gêm arall o Scrabble nes bydd yr ham wedi digoni?'

'Ar yr amod dy fod ti'n cofio taw CH yn hytrach nag C a H sydd yn PARCH. G & T bach arall?'

'Perffeth, cariad,' atebodd Lettie. 'A' i drwodd i baratoi'r ornest. A fory fe gaiff Steffan glywed beth sy ar 'y meddwl i hefyd!'

Ho, ho, ho!

'Feed the world, let them know it's Christmas time.'

Gwrandawodd ar eiriau Band Aid am y trydydd neu'r pedwerydd tro y diwrnod hwnnw wrth ddisgwyl am y nesaf. Yno o'i flaen roedd rhes hir o wynebau disgwylgar yn awyddus i weld y dyn diarth roedd pawb yn ei nabod, a chael dweud eu dweud. Er iddo fod wrthi ers bron i dair wythnos, roedd cynnig ei lin i blant diarth eistedd arno'n arfer nad oedd Rhys wedi cynefino'n llawn ag o. Ond roedd ganddo rôl i'w chwarae, gwên i'w gwisgo, a mantra i'w ganu. 'Ho, ho, ho.'

Camodd y plentyn nesaf ato, yn bwtyn bach oedd wedi gweld un mins-pei yn ormod yn ystod yr Ŵyl. Wedi iddo gymryd ei briod le dechreuodd Rhys ar ei sgript.

'Be 'di d'enw di, washi?'

Atebodd y bachgen bochog ddim am ennyd, dim ond edrych ar hyd ei drwyn ar Santa.

'Be? Dach chi'm yn gwbod?'

Erbyn hyn roedd Sinatra'n canu am ei freuddwyd y byddai'n 'White Christmas' eto eleni, tra oedd Rhys yn ceisio meddwl am ateb. Roedd ei geg yn sych a'r farf yn lleithio.

'Siôn,' atebodd yn swta.

'Enw da 'te.'

Edrychodd y bachgen dros rimyn ei sbectol. Roedd yn amlwg wedi colli 'mynedd efo'r Santa yma.

'A be fysat ti'n licio'i gael Dolig 'ta?'

'Dach chi'm 'di darllan llythyr fi chwaith?'

Brathodd Rhys ei dafod ac edrych ar fam y cenau bach oedd yn gwenu'n wirion ar ffraethineb ei mab.

'Wel, dwi'n ca'l cymaint o lythyra . . . ma' hi'n . . . anodd cofio . . .'

A chyn iddo orffen yr esgus dechreuodd y bachgen ar ei restr fel petai'n adrodd ei bader. Beic – un gwyrdd – Xbox, a digonedd o gêmau, llwythi o DVDs, remôt control helicoptar, a . . . Aeth yn ei flaen i restru a manylu a phwysleisio, gan brin gymryd ei wynt, cyn i Rhys orfod torri ar ei draws wrth weld un fam yn gwneud sioe o edrych ar ei wats, ac un arall yn tuchan yng nghefn y rhes.

'Ga i weld be fedra i neud.'

'Wel, ma' Mam a Dad 'di deud ga i be dwi isio,' darbwyllodd Siôn Santa cyn dringo oddi ar ei lin a disgwyl. Roedd o rhwng dau feddwl a ddylai estyn rhywbeth o'i sach neu beidio, ond doedd fiw iddo chwalu rhith y Rhoddwr Mawr. Rhoddodd silindr o Skittles wedi'i goroni â rhuban coch yn nwylo'r pwtyn, oedd ar fin agor ei geg cyn i'w fam achub y blaen a'i dynnu o'r rhes.

Tynnodd Rhys yr het a sychu ei dalcen efo cefn ei law. Ar brydiau fel hyn diolchai mai dim ond un shifft arall oedd ar ôl ganddo, cyn sobri'n sydyn wrth sylweddoli hynny.

Cododd ei ben a gweld merch bengoch yn gafael yn dynn yn llaw ei thad. Roedd golwg hynod bryderus arni, a'i gwallt rhuddliw'n goferu bob ochr i'w hwyneb, yn amlygu gwelwder ei gwedd. Merch ei thad oedd hon heb amheuaeth, a'r brychni'n britho wynebau'r ddau.

'Be 'di d'enw di?'

'Megan,' atebodd gan rythu ar sgidiau duon Siôn Corn.

'Wyt ti 'di bod yn hogan dda 'leni?'

Nodio'n dawel a wnaeth.

'A be fysa Megan yn licio'i gael Dolig 'ma?'

'Wel,' dechreuodd a golwg boenus arni, 'fyswn i'n licio ci. Ond fel dach chi'n gwbod, ma' Dad yn alyrjic i gŵn. 'Lly newch chi wella Dad, plîs?'

Roedd yna wên wylaidd wedi tyfu ar wyneb tad y fechan a rhyw wrid newydd yn llenwi'i ruddiau.

'Mi wna i weld be fedra i neud.'

'Diolch, Santa.' A chofleidiodd y padin oedd o dan y siwt goch.

Chwiliodd Rhys drwy ei sach am yr anrheg a dybiai oedd fwyaf addas. Goleuodd wyneb Megan wrth dderbyn y bocs oedd wedi'i orchuddio â dynion eira cyn dychwelyd at ei thad i ddangos yr hyn roedd hi wedi'i gael. A chyn iddi adael y rhan hon o'r siop trodd i godi'i llaw ar Santa.

Cliriodd Rhys ei wddf a chymryd cip slei ar ei wats cyn gwahodd y plentyn nesaf i eistedd ar ei lin.

Caeodd Bethan ddrws y cwpwrdd gwag. Wedi estyn y gyllell o'r drôr dechreuodd grafu'r dorth i dynnu'r llwydni oddi arni. Er ei bod yn debycach i dorth frith erbyn hyn, roedd yna ambell ran nad oedd wedi'i difetha'n llwyr. Gwyliodd ei hanadl yn loetran o'i blaen wrth iddi daenu'r margarîn yn denau ar hyd dwy dafell dyllog, cyn ychwanegu sleisen gron o ham Asda Smart Price. Aeth yn groen gŵydd drosti wrth weld y frechdan ar y wyrctop.

Gorwedd ar ei fol oedd Geraint, gyda'r unig far yn y gwresogydd halogen oedd yn dal i weithio yn goleuo'i wyneb. Roedd o'n brysur yn tynnu llun arall yn yr hen lyfr oedd â'i glawr yn grychau i gyd.

'Hwda,' meddai Bethan gan benlinio wrth ei ymyl a rhwbio'i dwylo yng ngolau'r gwres. Edrychai'r ddau fel petaent yn talu gwrogaeth i'r goeden Dolig o'u blaenau.

Dechreuodd Geraint fwyta'r frechdan yn awchus wrth i'r

briwsion syrthio'n blu mân dros lun y dyn eira oedd yn sefyll
o flaen tŷ teras. Eu tŷ nhw, sylwodd Bethan. Byddai Geraint
yn treulio oriau bwygilydd yn tynnu lluniau, ac yn ymgolli
yn stori pob un ohonynt. Fe roddai hynny bleser mawr iddo,
ac ni chlywid yr un smic ganddo unwaith y byddai'r bensel
wedi cydio yn ei ddychymyg. Diolchai Bethan am hynny, ond
teimlai'n anniddig wrth feddwl bod ei mab wedi gorfod
dysgu gwerthfawrogi'r pethau symlaf, y pethau bychain,
oedd ganddo. A hynny heb ddisgwyl na gobeithio am ddim
byd gwell.

Wrth iddo barhau i lowcio'r frechdan, a chadw'n dawel
pan ddeuai ar draws darn glas, edrychodd Bethan ar y
goeden a safai uwch eu pennau. Doedd yna fawr o drimins
arni eleni; roedd y tinsel wedi breuo, llond bocs o bôbls yn
deilchion, a'r goleuadau wedi chwythu eu plwc. Doedd hyd
yn oed y seren ei hun ddim i'w gweld mor ddisglair ag y bu.
Er hynny, credai fod yna geinder yn symlrwydd y goeden.
Ceinder yng nghanol y cyni.

'Reit. Be am dynnu lluniau llai, a gawn ni'u clymu ar linyn
a'u hongian nhw ar y goedan,' awgrymodd gan godi a
chymryd y plât ganddo.

Aeth yn ei hôl i'r gegin a rhoi'r plât hefo'r ddwy gwpan
oedd eisoes yn y sinc, cyn pwyso yn erbyn y wyrctop.
Rhwbiodd ei llaw ar hyd ei bochau pantiog wrth i'w llygaid
grwydro o amgylch y stafell. Doedd ganddi hi ddim syniad
beth y dylai ei wneud nesaf. Yr adeg yma y llynedd byddai
wedi tynnu'r twrci i'w ddadmer, wedi lapio'r holl anrhegion,
a byddai ar fin dechrau llunio rhestr o'r hyn roedd hi'n dal
angen ei gael. Ond nid eleni. Ac fel hynny y bu am rai
munudau cyn iddi benderfynu golchi'r ychydig lestri oedd
yn y sinc. Doedd waeth iddi wneud hynny ddim.

Suddodd ei dwylo i'r dŵr gan deimlo blaenau'i bysedd yn
pigo. Caeodd ei llygaid wrth i'r gwres lyfu'i chroen a goglais

ei gên. Ar ôl eiliad neu ddwy agorodd ei llygaid ac edrych drwy'r ffenest. Roedd hi wedi hen ddechrau nosi a'r rhew yn drwm yn yr aer. Sylwodd fod wal yr ardd yn wydraidd yng ngolau'r lamp stryd oedd newydd ddeffro. Byddai'n noson rynllyd eto heno, meddyliodd. Yna glaniodd robin goch ar ganol yr olygfa, cyn neidio i lawr a chwilio'r clwt brethyn o ardd am dameidiau o fwyd. Dilynodd ei hynt yn twrio'r tir, ei gamau'n sydyn ond yn chwilio'n ofer.

Byddai'n arfer prynu bwyd ar gyfer yr adar yn rheolaidd gan fod y siop anifeiliaid drws nesaf i'r cemist, ond ni fu ar gyfyl y siop honno ers tro. Roedd yn ddigon iddi boeni am fwydo'r tri ohonyn nhw heb feddwl am anifeiliaid gwyllt. Ac wrth i'r stêm o'r dŵr cynnes barhau i fwytho'i hwyneb dechreuodd ei meddwl grwydro.

Bu'r misoedd diwethaf yn rhai tymhestlog tu hwnt iddyn nhw. Ers i'r ffatri gig gau, saith mis ynghynt, bu Rhys fel dyn dall yn crwydro – yn ddi-waith. Y ffatri gig oedd yr unig fyd yr oedd yn gyfarwydd ag o. Ers iddo adael yr ysgol yn un ar bymtheg, yn y ffatri y bu. Ond ar ôl iddo golli'i waith newidiodd eu byd yn llwyr.

Byddai'n mynd i'r siop gornel yn rheolaidd i ddarllen yr hysbysfwrdd, nad oedd prin yn newid, ac i chwilio tudalennau'r papurau newydd am unrhyw waith. Aeth y dyddiau Llun hynny pan âi i'r ganolfan waith yn debycach i ymweliad wythnosol â rhyw gydnabod, gan mai'r un oedd y drefn, a'r un oedd canlyniad y cyfarfodydd. Fe fu am sawl cyfweliad ond roedd y 'diffyg profiad mewn meysydd eraill' yn ei erbyn. Cafodd ei hun mewn cors na fedrai ddringo ohoni, tan y gwaith yma a gafodd dros yr Ŵyl.

Aeth pethau'n waeth i Bethan hefyd ddechrau mis Tachwedd pan gwtogodd y cemist ei horiau i dair shifft yn unig yr wythnos. Roedd y cyflog a enillai bellach fel tywod rhwng ei bysedd. Aeth hyd yn oed i ofni gweld y postmon yn cerdded drwy'r giât yn y boreau. Ers hynny, mae'n debyg, y dechreuodd mwy o sticeri melyn yn nodi pris gostyngol lenwi'r fasged siopa ac y dechreuodd ddefnyddio'r peiriant hunanwasanaeth er mwyn osgoi unrhyw embaras.

Ar ben hynny i gyd roedd y Dolig ar eu gwartha'. Roedd gwrando ar y genod yn y cemist yn trafod eu cynlluniau ar gyfer yr Ŵyl yn dân ar ei chroen. A phan ofynnwyd iddi pa gig fyddai'n ganolbwynt i'r cinio Dolig ym Modlondeb ei hateb ffwrdd-â-hi oedd, 'Be bynnag fydd acw ar y dwrnod.' Chwerthin a wnaeth y ddwy arall ar ba mor ddi-hid oedd Bethan efo'r Dolig. Chwerthin heb wybod mai'r cyfan oedd yn swatio yn ei chypyrddau oedd tun o rafioli, tun o *baked beans*, a hanner potyn o bicalili oedd wedi hen suro.

Erbyn iddi ddadebru roedd dŵr y sinc wedi dechrau oeri a chylch llwyd wedi ymffurfio o amgylch ei harddyrnau. Roedd yr anwedd wedi cilio o'r ffenest a gwelai, yn sefyll ar ben y wal, y robin goch, â'i ben yn gam a'r llygaid ymbilgar yn edrych arni. Ar hynny, sychodd ei dwylo, trodd at y wyrctop y tu ôl iddi, a chribinio'r briwsion glas i gledr ei llaw.

Camodd drwy'r drws allan ac ar ôl iddi daflu'r bwyd neidiodd yr aderyn i ganol y barrug oedd wedi'i daenu'n denau ar hyd yr ardd. Fe'i gwyliodd yn pigo'r briwsion yn bwyllog i ddechrau cyn cyflymu wrth fagu hyder.

'Niwmonia gei di.' Cafodd ei deffro o'i myfyrdod gan lais Rhys yn cerdded drwy'r giât, a'r bag ar ei gefn. 'Os arhosi di fan'na heb gôt.'

'Ew, ti'n hwyr heno.'

'Bws yn llawn dop,' atebodd wrth fynd heibio iddi i mewn i'r tŷ.

Roedd y robin goch wedi neidio ar ben y wal â briwsionyn yn ei big pan drodd Bethan ar ei sawdl.

Aeth i'r stafell fyw lle roedd Rhys yn edmygu ffrwyth diwrnod cyfan o waith Geraint.

'A ceffyl 'di hwnna?' gofynnodd yn chwareus.

'Na'ci. Carw ydi o. Sbia, ma' gynno fo antlyrs,' cywirodd yntau ei dad.

'Wel, ia siŵr. Be sy haru fi?'

Wedi iddo eistedd wrth y bwrdd i dynnu ei sgidiau aeth Bethan i'r cwpwrdd i nôl y darn o gerdyn oedd wedi'i guddio rhwng yr amlenni gwynion. Oedodd am ennyd gan wrando ar y gwaed yn curo'n galed yn ei chlustiau.

'Bethan,' galwodd Rhys wrth ddatod ei gareiau.

Gwthiodd gudyn strae y tu ôl i'w chlust a throi'n araf ato gan osod y tocyn ar y bwrdd rhwng y ddau. Ni ddywedodd air, dim ond rhythu ar y bwrdd. Gwyliodd hithau wyneb ei gŵr a sylwi ar y cymylau llwydion yn ei lygaid, a'r rheiny wedi lleithio.

'Fuis i draw yn y ganolfan ddoe,' mentrodd Bethan. 'O'n i 'di llenwi ffurflen gais wthnos dwytha . . . Ac ma' nhw'n deud 'yn bod ni'n gymwys.'

Rhwbiodd Rhys ei lygaid gan dynnu anadl ddofn.

''Dan ni 'di bod yn ofnadwy o lwcus,' ychwanegodd hithau'n dawel.

Wedi ennyd daeth yr ateb cryg o ben arall y bwrdd: 'Ma' hi 'di cymryd lot i mi wisgo'r blydi siwt 'na. A' i ddim ar ofyn neb. Ddim i fegera.'

'Nid begera ydi o.'

Trodd i edrych i fyw ei llygaid a sibrwd, 'Fedra i ddim.'

Tawelwch. Ar wahân i sŵn crafu pensel ar bapur.

'Iawn,' atebodd hithau cyn edrych i gyfeiriad eu mab oedd yn chwilio'r goeden am ei syniad nesaf. 'Iawn.'

Ar hynny, caeodd Bethan ddrws y cwpwrdd, cerdded heibio i Geraint gan fwytho'i gorun, a dringo'r grisiau'n bwyllog. Doedd arni mo'r awydd na'r egni i ddadlau bellach. Bu'r ddau'n bigog efo'i gilydd ers misoedd ac fe wyddai na fyddai Rhys yn ildio. Roedd o'n ddyn balch. Dyna oedd un o'r nodweddion yr arferai Bethan eu hedmygu ynddo. Ond roedd yn rhy falch ar adegau.

Treuliodd Bethan y gyda'r nos yn lapio'r pad tynnu lluniau a'r bocs o bensiliau a gawsai o'r cemist yr wythnos cynt. Roedd hi'n benderfynol y câi Geraint rywbeth i'w agor fore Dolig. Doedd dim ots amdani hi a Rhys; roedd y ddau wedi cytuno i beidio â phrynu dim i'w gilydd eleni. Ond roedd hi'n bwysig i Geraint gael rhyw lun ar Ddolig.

Roedd Rhys yn hwyr yn mynd i'r gwely'r noson honno. Bu'n eistedd am oriau yn magu paned oer ac yn gwylio'r cymylau'n croesi'r lleuad. Roedd ei feddwl yn rhemp ac yn gwrthod tawelu. Roedd hi wedi troi'n dri o'r gloch erbyn iddo glwydo, a bu'n rhaid iddo ddringo dros Geraint, oedd yn ei sach gysgu wrth ymyl ei fam yn y gwely.

Chysgodd yr un o'r ddau fawr ddim drwy'r nos. Roedd Rhys yn troi a throsi, a'r cryndod annwyd yn pwyso'n drwm ar frest Bethan. Ac yn gyfeiliant i'r cyfan roedd tician diddiwedd y cloc. Bu'r ddau'n gwylio stêm eu hanadl yn ymdroelli o gwmpas y llofft, ac yn teimlo'u stumogau'n tynhau fesul awr.

'Bocs o joclets o Spar ga i gin 'nacw *os* bydda i'n lwcus.'

Gan ei bod yn ddiwrnod cyn y Dolig fe gafodd Jackie'n gwmni iddo, yn gorrach i'w gynorthwyo, am ran helaeth o'r dydd. Wedi gwisgo adenydd sidan pinc a thinsel fel bandana am ei phen, roedd hi'n ffêri ddeugain oed. Hwn oedd diwrnod prysura'r flwyddyn, ond nid diwrnod y byddai rhieni'n debygol o fynd â'u plant efo nhw i siopa. Felly cafodd y cyfnodau segur hynny eu llenwi gan straeon a hanesion lliwgar Jackie.

'Duwcs, adag i'r plant ydi Dolig 'de. Wel, dyna pam 'dan ni'n slafio yma ac yn gweithio bob awr fedran ni. Ond mae o werth o jyst i weld 'u gwyneba nhw,' meddai gan edrych ar y bylchau oedd yn llenwi'r silffoedd o'u cwmpas.

'O'ddan nhw'n ddigon o sioe yn y Natifati wsos dwytha, 'sti. 'Mabis bach i. O'dd Josh, yr hyna 'de, yn Joseff, a Jen yn wraig i boi'r llety. O'n i mor browd. Lwcus 'mi fynd â phacad o Kleenex efo fi. Ac wsti be, o'ddan nhw 'di rhoi twist modern i'r hanas – wel, dyna 'di'r ffasiwn rŵan 'de. 'Lly a'th Meri a Joseff ddim i Fethlem ar gefn mul, ond ar gefn Harley-Davidson. Pantomeim heb y Dêm o'dd o, a deud y gwir.'

Chwarddodd Jackie gan dynnu sylw ambell siopwr i gyfeiriad y groto, tra oedd Rhys yn chwarae efo'i farf. Doedd o ddim wedi eillio'r bore hwnnw, felly roedd y defnydd neilon yn cosi'n arw yn erbyn ei groen. Ond nid oedd ganddo lawer ar ôl nes y byddai'n tynnu'r siwt unwaith ac am byth.

'Faint 'di oed hogyn chdi eto?' gofynnodd Jackie gan dorri ar draws rhediad ei feddwl.

'Wyth.'

'Oed da 'te? Hei, gna siŵr bo chdi'n cofio ca'l carots i Rwdolff, ne' fydd hi'n rhad arnach chdi. Jòb 'nacw 'di hynna 'leni. Well 'ddo fo gofio. O'dd hi'n bedlam Crismas Îf llynadd. O, fydd hi'n Ddolig neis arnach chi.'

Atebodd o mohoni, dim ond edrych o'i flaen a gwylio'r bobl yn croesi'i gilydd, a phob math o drugareddau'n llenwi eu basgedi. 'Fydd hi'n Ddolig neis arnach chi.' Atseiniai geiriau Jackie yn ei ben. Dyna pryd y gwelodd dad ar ei gwrcwd o flaen ei fab a thegan ganddo ym mhob llaw. Roedd golwg lwyd ar wyneb y tad wrth i'r plentyn afael yn un o'r teganau a gwylio'r llall yn cael ei osod yn ôl ar y silff.

Glaniodd y llaw fodrwyog ar ei fraich fel gordd.

'Chest di fawr o gwsg neithiwr? O'dd hi'n *freezing* doedd,' meddai Jackie cyn ychwanegu, ''Sna'm golwg o neb am ddŵad i'n gweld ni rŵan, nagoes. A'i i 'neud panad 'li. A ddo'i â mins-pei bob un i ni.'

Roedd hi'n hanner awr wedi tri erbyn i Rhys gyrraedd adref. Gan ei bod yn noson fawr i Santa, ac am nad oedd hi mor brysur ag y disgwyliwyd yn y siop, cafodd adael yn gynt. A thynnu'r siwt goch am y tro olaf.

Gwthiodd y goriad i'r clo ond oedodd cyn ei droi. Roedd fel petai wedi'i rewi yn ei unfan, a'r cyfan y gallai ei wneud oedd sefyll gan deimlo'r awel fain yn brathu ei ruddiau, a gwrando ar sŵn ceir yn gyrru heibio. Pawb ar frys gwyllt i gyrraedd y fan a'r fan mewn da bryd ac yntau'n ofni symud o garreg y drws. Anadlodd lond ei ysgyfaint cyn troi'r goriad.

Roedd Bethan yn eistedd â'i chefn crwm ato a phentwr pigog o'i blaen. Wrthi'n torri'r canghennau i'w gosod o amgylch y stafell oedd hi, fel y gwnâi bob blwyddyn. Sylwodd Rhys ar y cadwyni papur oedd yn crogi o un pen y stafell i'r llall, ac ar y plu eira papur oedd yn gorchuddio'r ffenest. Bu'r ddau'n brysur drwy'r bore, meddyliodd.

Gollyngodd ei fag gan beri i Bethan godi'i phen mewn braw.

'Chlywis i mohona chdi'n dŵad i mewn.'

'Del iawn,' gan gyfeirio at y celyn roedd hi wedi'u gosod yn ofalus o amgylch un gannwyll.

'Well na rhyw hen dinsel,' atebodd hithau gan gribo'r cudyn strae y tu ôl i'w chlust. 'Ti adra'n fuan.'

'Do'dd 'na'm llawar isio 'ngweld i heddiw.'

Daeth gwên wan fel craith i'w hwyneb cyn iddi droi'n ôl at y bwrdd. Ddywedodd yr un o'r ddau air am ychydig. Gwyliodd Rhys hi, yn trin y celyn gyda gofal, a'i bysedd main yn osgoi'r pigau.

'Lle ma' Geraint?'

'Drws nesa'n chwara. Mae o am aros yna i gael te hefyd,' atebodd hithau gan wthio pin drwy goesyn y gelynnen a'i lynu wrth y gannwyll arall, crefft roedd hi wedi'i hetifeddu gan ei nain. Yna, o gornel ei llygad, gwelodd law Rhys yn estyn am y tocyn bwyd oedd yn dal i fod ar y bwrdd, heb ei symud.

'Fydda i nôl mewn chydig,' meddai gan afael yn dynn yn y tocyn.

Trodd Bethan ato a gwelodd y didwylledd yn ei lygaid. Lledodd y wên yn araf ar ei hwyneb llwyd. Y wên honno oedd wedi hen bylu ers misoedd.

'Diolch,' sibrydodd.

Ac wrth i'r drws gau ar ei ôl, treiglodd deigryn i lawr ei grudd, cyn cronni wrth gongl ei cheg.

Roedd hi'n weddol dawel yn y dref y noswyl Nadolig honno. Roedd pawb yn swatio yn eu cartrefi, yn hongian eu hosanau, neu'n codi gwydryn efo ffrindiau. Pawb ar wahân i ambell un oedd wedi mentro i chwilio am yr anrheg funud olaf rhag cael stŵr.

Roedd y goleuadau'n fflachio uwch ei ben, yn wledd ac yn ddolur i'w lygaid, wrth i Rhys gerdded i gyfeiriad neuadd yr eglwys.

Erbyn iddo gyrraedd yr adeilad llwyd arafodd ei gamre a daeth i stop. Roedd murmur lleisiau'r neuadd yn treiddio trwy'r drws ac wrth glywed hynny dechreuodd ei galon guro'n galed. Tynnodd y tocyn bwyd o'i boced a chraffu arno. Ac wrth ddal y darn o gerdyn dechreuodd simsanu nes y bu bron iddo droi ar ei sawdl, ond dyna pryd yr agorodd drws y neuadd ac y galwodd llais arno:

'Dach chi am ddod i mewn o'r oerfel 'ma?'

Yr hyn a'i trawodd wrth gamu dros y rhiniog oedd clydwch y neuadd wrth i'r gwres fwytho'i wyneb. Cafodd ei arwain gan y ddynes wên-deg at un o'r byrddau. Daeth hithau â phaned o de iddo, a chymryd y tocyn ganddo. Fe'i gwyliodd yn mynd i'r stafell gefn, lle roedd dwsinau o focsys wedi'u pentyrru, i baratoi'r pecyn bwyd.

Nid y fo oedd yr unig un yno, sylwodd Rhys. Roedd yna ddau ifanc yn eistedd wrth y bwrdd o flaen y goeden, efo gwirfoddolwr oedd yn gwisgo'r un brat gwyrdd â'r ddynes wên-deg, a'r geiriau 'Banc Bwyd' mewn print gwyn arno. Roedd yna hefyd ddyn canol oed yn gadael ac yn gafael yn dynn mewn bag plastig llawn.

Teimlodd Rhys y pinnau bach wrth afael am y gwpan. Edrychodd o'i gwmpas cyn i'w lygaid gael eu denu gan y wal y tu ôl iddo. Roedd yna restr o gynnwys y pecynnau argyfwng, rhestr o fudiadau lleol allai gynnig cymorth hirdymor, a phoster o ddyn, dynes a babi yn derbyn pecyn, a'r cais 'Rhowch gymorth i fwydo cymydog mewn angen' oddi tanynt, yn gorchuddio'r wal.

Daeth dyn arall yn gwisgo brat ac yn cario plât o fisgedi i eistedd gyferbyn â Rhys. Fe'i hadnabu'n syth.

'Fydd Ann ddim yn hir eto.'

Cymerodd ddracht arall o'i baned wrth i'r dyn â'r gwallt cringoch gyflwyno'i hun.

'Eilir.'

'Rhys.' Ysgydwodd ei law.

'Noson oer eto heno,' mentrodd wrth wylio llygaid Rhys yn crwydro o amgylch y stafell â rhyw awgrym o ddryswch ynddynt. Yn y man gofynnodd, 'Y lle 'ma'n wahanol i be oeddach chi'n ddisgw'l?'

Ysgwyd ei ben yn simsan a wnaeth Rhys.

'Ma' 'na lot fawr yn deud hynny. 'Dan ni'n trio'i neud o'n lle mor groesawgar â phosib.'

'Ydach chi . . . Oes 'na dipyn yn . . .' baglodd Rhys dros ei eiriau.

'Ma' 'na fwy nag arfar yn dŵad yr adag yma'r flwyddyn, oes. Adag anodda'r flwyddyn. A tydi o'm yn beth hawdd i'w neud chwaith, 'dan ni'n dallt hynny.'

Ar ôl deng munud o sgwrsio ac wedi i bob bisgeden

ddiflannu o'r plât, daeth Ann â thri phecyn o'r cefn a'u gosod ar y bwrdd ym mhen pella'r neuadd. Cododd y ddau ar eu traed ac aeth Eilir i nôl y pecyn ar gyfer y teulu oedd â 'dau oedolyn ac un plentyn'.

Fe'i cyflwynodd i Rhys. Ac wrth iddo afael yn y bocs, a gweld yr holl fwyd ynddo, yn duniau pys, ham, reis, pasta, llefrith, a mins-peis, dechreuodd ei lygaid ddyfrio. Yna cliriodd ei wddf. Cododd ei ben yn araf, ac edrych i fyw llygaid y gwirfoddolwr, yn dawel ddiolchgar.

'Croeso,' atebodd Eilir wrth ei arwain at y drws.

Ac wrth iddo gamu o'r neuadd trodd Rhys at y gwirfoddolwr. 'Gyda llaw, dwi'n siŵr 'sa Megan 'run mor fodlon yn ca'l hamster.'

Cerddodd i ganol y nos gan adael Eilir yn nrws y neuadd yn gwylio Santa'n dringo'r allt, â'r parsel yn dynn dan ei gesail.

Newyddion da o lawenydd mawr

'Dwi'n mynd nawr!'

Cododd llais Jac i fyny'r grisiau, fel ro'n i'n brwydro i dynnu fy sanau dros fy nhraed. Aeth gwisgo fy nheits bob bore yn drafferth ers sbel fach, rhwng y cefn tost a'r hen wely uchel. Erbyn i fi godi fy mhen, roedd e wedi colli amynedd.

'Ateb, fenyw!'

'Iawn, wela' i ti heno 'te.'

Clywais yr ochenaid cyn cofio.

'Ddim heno. Prynhawn 'ma'r dwpsen! Pedwar o'r gloch. Dwi'n disgwyl dy weld di 'na. Mae'r tun o fins-peis 'da fi – rhag ofon i ti ei anghofio fe.'

'Bydda i 'na, paid â phoeni.'

Gwnaeth Jac ryw sŵn yn ei wddf, cyn slamio'r drws, a disgynnodd tawelwch bendithiol dros y tŷ. Codais y sanau i fyny ag ymdrech ac eistedd ar y gwely unwaith eto, cyn 'mystyn am fy siwmper. Pa dun o fins-peis oedd e wedi'i gymryd, tybed? Yn fy nghalon gwyddwn ei fod wedi bachu'r tun anghywir – yr un mawr a fwriadwyd ar ein cyfer ni a'r cymdogion, ac efallai hyd yn oed y teulu, pe baent yn teimlo'n ddigon dewr i ddod draw dros y Nadolig. Ro'n i wedi bod wrthi'n pobi am oriau'r diwrnod cynt, nes bod fy nghefn yn llawn nodwyddau poeth. Er mwyn cau ei ben, dywedais wrtho fy mod wedi gwneud rhai ar gyfer y Clwb, iddo fe a'i fêts eu mwynhau. Plesiodd hynny ef am eiliad.

Ro'n i'n gywir ynghylch y tun o fins-peis. Eisteddai'r un llai ar ei ben ei hun ar y bwrdd pan gyrhaeddais y gegin. Roedd hyd yn oed y tegell yn drwm y bore hwnnw a gwelais fod mwy o siopa i'w wneud. Dim ond crwstyn y dorth oedd ar ôl a'r tamaid lleiaf o farmalêd. Roedd e wedi bwyta o leiaf bedair tafell i'w frecwast, felly. Hyd yn oed ar ein pensiwn, pan oedd yr arian a ddeuai i'r tŷ ar ein cyfer ni'n dau, roedd e'n cymryd yn ganiataol taw fe oedd piau'r rhan fwyaf ohono. Fedrwn i ddim fforddio prynu bwyd i'w roi yn y rhewgell rhag ofn na fyddwn i'n teimlo'n ddigon da i siopa yn ôl y gofyn.

Ro'n i'n eistedd yn cnoi'r crwstyn pan glywais y fflap llythyron yn codi ac amlenni'n disgyn ar y llawr. Am unwaith ro'n i'n falch fod y postmon yn hwyr oherwydd rhoddai gyfle i fi agor y cardiau Nadolig a chwato unrhyw rai nad oeddwn i eisiau iddo'u gweld. Brysiais at y drws mor gyflym ag y medrwn i'w codi. Roedd cryn nifer ohonynt a gwenais i mi fy hun. Bu'n werth prynu cardiau rhad yn slei bach a'u hanfon neu eu dosbarthu â llaw. Ro'n i'n edrych am ddau gerdyn penodol, a llamodd fy nghalon wrth weld bod Siw, ein merch, wedi anfon cerdyn mawr, trwchus. Nid oedd sôn am ddim oddi wrth y mab, Gari, a oedd yn siom, ond wedyn, efallai fy mod wedi disgwyl gormod ganddo. Bu'r cweryl olaf rhyngddo fe a Jac yn ofnadwy o gas. Dyw Siw ddim yn groten sy'n cweryla, ond doedd hi ddim yn dod i'r tŷ rhagor. Weithiau, pan oedd y plant yn yr ysgol, bydden ni'n cwrdd mewn caffi, yn enwedig pan fyddai rhywbeth pwysig ymlaen yn y Clwb a minnau'n ffyddiog na fyddai Jac yn dod adref yn annisgwyl ac yn creu stŵr am nad oeddwn i yno.

Agorais amlen Siw yn gyntaf a gweld bod Gwion a Lleucu, fy wyrion bach, wedi llunio'u cardiau eu hunain ar fy nghyfer.

Syllais yn hir arnynt. Ar y pentan y dylent fod, ond yn lle hynny byddai'n rhaid i fi eu cwato o'r golwg. Disgynnodd darn o bapur allan o'r cerdyn a anfonodd Siw ei hun. Roedd siec am ganpunt ynghlwm wrtho. Syllais yn hir ar honno hefyd, ac wedyn ar y nodyn.

'I chi mae hwn, Mam. Agorwch eich cownt eich hunan yn Swyddfa'r Post. Mae'n hen bryd. Nadolig Llawen.'

Crynai fy nwylo wrth i fi fynd drwy weddill y cardiau. Yn ffodus, roedd dau wedi dod gan hen gyd-weithwyr i Jac (neu eu gwragedd, yn fwy tebygol) a olygai fod gen i rywbeth diniwed i'w osod ar y pentan. Roedd un llythyr ar ôl, a golwg swyddogol arno. Agorais ef gan fod enwau'r ddau ohonom ar yr amlen, a gweld bod ein taliadau tywydd oer wedi cyrraedd. Rhoddwyd dau gant o bunnau yn y cyfrif. Dylai hynny fod yn destun llawenydd, ond nid i mi. O gofio beth oedd wedi digwydd am nifer o flynyddoedd yn olynol, byddai Jac yn disgwyl i mi dynnu'r cyfan a'i roi iddo, er mwyn iddo fedru ei wastraffu yn ei ffordd arferol. Doeddwn i ddim wedi gweld ceiniog goch, ddim hyd yn oed i dalu'r biliau nwy a thrydan. A fi oedd piau hanner yr arian!

O feddwl nôl, dwi'n credu mai derbyn siec Siw oedd y trobwynt. Eisteddais yno'n gwneud syms yn fy mhen. Roedd arno fe oddeutu pum can punt i fi dros y pum mlynedd diwethaf yn unig. Penderfynais yn y fan a'r lle y byddwn i'n agor fy nghyfrif fy hunan a rhoi arian Siw ynddo.

Drwy ffenestr y gegin, gallwn weld Rhiannon yn rhoi dillad ar y lein drws nesa. Hwn oedd eu Nadolig cyntaf nhw yn y tŷ, a chyda thair o grotesi bach roedd yn sicr o fod yn ŵyl gyffrous iddyn nhw. Roedd hi 'di bod yn ffrind dda i fi dros y misoedd diwethaf, a oedd yn beth rhyfedd, a dweud y gwir, oherwydd pan symudodd hi a'i theulu bach i'r tŷ, cymerodd Jac yn eu herbyn nhw'n syth. Doedd gen i ddim syniad pam, ond pan welodd e'r fan fawr wedi'i pharcio ar y pafin drwy'r dydd, a'r dynion yn cario celfi i'r tŷ, penderfynodd nad o'n i'n mynd i wneud dim â nhw.

Fydden i ddim yn dweud gair amdanyn nhw pan oedd e yn y tŷ. Roedd pob sŵn o'r drws nesa'n gwneud iddo chwyddo fel broga a throi'n goch. A chan fod y walydd mor denau, pa obaith oedd i sŵn beidio â chario? Allwch chi ddim cadw tair croten fach yn dawel ddydd a nos. Am y tro cyntaf erioed, dechreues fod yn falch ei fod e'n byw a bod yn y Clwb. Bu'r Clwb yn gyfrifol am lawer o bethau yn ein bywyd priodasol, rhai drwg gan mwyaf. Clwb Cymdeithasol yw e, er y byddai Clwb Cambihafio'n enw gwell arno. Ar ôl iddo ymddeol – diwrnod du arall – uchelgais Jac oedd cael ei wneud yn Ysgrifennydd. Roeddwn i'n amau taw isie cael ei fachau ar y stoc o ddiod oedd y rheswm dros hynny, er na wyddwn i sut roedd e'n disgwyl medru gwneud hynny, oherwydd mae Meirion, sy'n gweithio tu ôl i'r bar, yn cadw llygad barcud ar bopeth. Ond dyna Jac yn 'i nerth. Yn y diwedd, cafodd fod yn Ysgrifennydd, ond dwi'n siŵr iddyn nhw ddifaru. O beth glywes i, aeth y gemau dominos a chardiau dros ben llestri'n llwyr. Lle roedden nhw'n arfer chwarae am geiniogau, trodd hynny'n bunnoedd, ac allai pobol ffor' hyn ddim fforddio hynny. Allen ni ddim ei fforddio fe, ta beth, na'r betio di-ben-draw ar geffyle.

'Mae gyda chi broblem,' meddai Rhiannon, chwarter awr yn ddiweddarach, gan glicio'r peth bach yn ei llaw a gwneud i'r sgrin ar y cyfrifiadur newid yn llwyr. Ro'n i'n eistedd ar y soffa yn eu hystafell fyw nhw, gyda dished o de, yn helpu'r groten fach ifancaf i drin gwallt ei Barbie ddiweddaraf. 'Dyw agor cyfrif ddim mor hawdd ag y buodd e. Oherwydd y terfysgwyr hyn, 'chweld.'

'Oes golwg fel y bechingalw Osama 'na arna' i 'te?' gofynnais, wedi fy syfrdanu.

Gwenodd Rhiannon dros ei hysgwydd.

'Ddim os na thyfwch chi farf,' atebodd. 'Ond mae angen pasbort arnoch chi neu drwydded yrru gyda'ch llun chi arni.' Doedd dim angen iddi ofyn a oedd gen i'r fath bethau. 'Ac ar ben hynny, bil o ryw fath. Chi'n gwbod – nwy, trydan neu ddŵr, yn dangos eich enw.'

Am eiliad cefais y teimlad rhyfedd fy mod wedi diflannu'n llwyr. Doeddwn i'n ddim byd ond cysgod llwyd yn llygaid yr awdurdodau. Enw Jac oedd ar yr holl filiau, ac ar y llyfr rhent hefyd. Doedd gen i ddim dewis, felly, ond talu siec Siw i mewn i'n cyfrif ar y cyd yn Swyddfa'r Post, gan wybod yn iawn na welwn i ddim arlliw o'r arian unwaith y byddai Jac yn sylweddoli ei fod yno.

Tua dau o'r gloch, yn drwmgalon, gwisgais fy nghot a cherdded i fyny'r ffordd i brynu bara a mynd i Swyddfa'r Post. Gorweddai'r siec yn fy mhoced fel lwmpyn o blwm. Fy mwriad anfodlon oedd ei thalu i mewn i'n cyfrif ac yna tynnu'r taliad tywydd oer allan yn bapurau decpunt. Byddai Jac yn disgwyl i fi wneud hynny am fod y llythyr wedi cyrraedd. Gallwn i esgus nad oedd unrhyw siec na thaliad wedi dod, ond o bryd i'w gilydd roedd e'n mynd drwy'r cyfrifon (er mwyn sicrhau nad oeddwn i'n codi ceiniog heb ei ganiatâd) ac yn sicr o'u gweld nhw. Byddai'r straen o gadw'r peth yn dawel yn lladdfa, ta beth. Ro'n i fel cwningen mewn magl, meddyliais, gan balu mlaen, â'm cefn yn anfon tonnau o boen i lawr fy nghoes.

Fel rheol, y tu allan i Swyddfa'r Post ar ddiwrnod codi budd-dâl, byddai criw o fechgyn main yn loetran, gan bwyso ar y blwch post coch a thaflu bonion eu sigaréts i'r gwter. Ro'n nhw'n chwerthin lot am ddim byd, ac yn siarad ar dop eu lleisiau. Fydde braidd neb yn mynd yn agos i'r blwch post tra bydden nhw yno, yn enwedig pobl oedrannus. Pan fyddai'r ciw damaid yn llai, byddai'r cryts yn mentro i mewn bob yn un ac un i mofyn eu harian wythnosol. Dwi'n amau nad oedd yr un ohonynt erioed wedi gweithio. Falle nad eu bai nhw oedd hynny'n llwyr, ond mae'n rhaid i chi ofyn, pwy fydde isie'u cyflogi nhw? Yr eiliad roedd y cyntaf ohonynt wedi codi'i arian, bydde fe'n rhedeg draw i'r Offi ar draws y ffordd a phrynu pac o gwrw i'w rannu rhyngddynt. Am naw o'r gloch y bore – meddyliwch! Dyna pam nad oeddwn i'n rhuthro yno'n gynnar mwyach, ond suddodd fy nghalon ymhellach wrth weld bod dau ohonyn nhw'n dal i bwyso yn erbyn y mur nesaf at y twll yn y wal. Bob tro y camai rhywun ymlaen i godi arian, byddent yn rhythu arno â rhyw olwg farus yn eu llygaid. Brysiais i mewn drwy'r drws a sefyll yn y ciw i aros fy nhro, yn falch, am unwaith, nad oedd Jac yn fodlon i mi ddefnyddio'r twll yn y wal i godi arian.

Mae pob ciw yn Swyddfa'r Post yn symud fel malwen ac roeddwn i'n gobeithio y byddai'r cryts wedi mynd erbyn i fi ddod mas. Pipais dros y trothwy'n ofalus, ond trwy wneud hynny, mae'n rhaid mod i wedi baglu dros y gris bach o flaen y drws, a disgynnais ar fy mhen-ôl fel sachaid o lo. Dwi ddim yn cofio'n hollol pwy a'm cynorthwyodd i godi. Roedd y cwymp wedi deffro pob nerf yn fy nghefn ac roeddwn i'n rhy brysur yn ymdopi â'r boen i sylwi ar y dwylo dan fy ngheseiliau. Fodd bynnag, pan soniodd rhywun am alw ambiwlans, llwyddais i'w wrthod. Onid oedd bywyd yn ddigon diflas fel yr oedd heb orfod treulio oriau yn yr ysbyty? Rhwng yr holl ffws, a minnau'n ceisio diolch i bobl, ni welais pwy oedd yn estyn fy mag llaw ataf. Cymerais ef gan furmur mwy o ddiolchiadau a hercian ymaith heb edrych yn ôl. Chwithdod oedd yn gyfrifol am hynny, wrth reswm, ond er gwaethaf y pinnau bach oedd yn saethu o'm clun i'm troed, llwyddais i gyrraedd pen ein stryd ni cyn gorffwys am eiliad. Dyna pryd y gwelais fod fy mag llaw ar agor. Clywn fy nghalon yn curo yn fy ngwddf a dechreuais dwrio i weld beth roeddwn wedi'i golli. Ro'n i'n hollol siŵr na fyddai fy mhwrs yno, ond er mawr syndod i mi, gorweddai yng ngwaelod y bag, a'r arian a godais wedi'i stwffio i'r rhan â sip, yn union fel yr oedd pan adewais Swyddfa'r Post. Serch hynny, cyrhaeddais y tŷ'n chwys botsh ac eistedd yn y gegin, heb dynnu fy nghot. Fy adwaith cyntaf oedd fy mod wedi cael dihangfa wyrthiol, ond ar ôl meddwl, beth oedd y gwahaniaeth rhwng colli'r arian i ryw ddihiryn a fanteisiodd ar fy nghwymp, a gorfod ei roi i Jac? Lladrad llwyr oedd y ddau beth, y naill cynddrwg â'r llall.

Yn sydyn roeddwn i'n tasgu â thymer ddrwg. Fi fy hunan oedd ar fai am ganiatáu i'r fath sefyllfa fodoli. Codais yn simsan, gafael yn fy mhwrs a dringo i'r llofft. Tynnais ryw hanner dwsin o ddarnau arian allan, a'u rhoi yn fy mhoced, cyn mynd i'r ystafell ymolchi a gwthio'r pwrs i gefn y cwpwrdd crasu, y tu ôl i'r styllen rydd. Gosodais y tywelion yn bentwr trwchus o'i blaen, rhag ofn. Yna, cyn y gallwn newid fy meddwl, gadewais y tŷ a mynd i aros am y bws i'r Clwb.

Roedd y lle dan ei sang, ag addurniadau'r greadigaeth yn hongian o'r nenfwd, a phlant bach yn chwarae rasys rhwng y cadeiriau. Fel yma'r oedd hi bob Nadolig, pan fyddai'r aelodau yn dod â'u teuluoedd cyfan i barti mawr. Gallwn weld Meirion, mewn het goch â phom-pom arni, a thinsel gwyrdd o amgylch ei wddf, yn gweini diodydd tu ôl y bar. Gwelodd fi'n hercian tuag ato a chododd ei aeliau arnaf.

'Odych chi'n iawn, Ceinwen?' galwodd.

Ysgydwais fy mhen, a chwarae teg iddo, daeth allan ac estyn cadair i mi eistedd arni. Trodd ambell un i weld beth oedd yn digwydd, ond fe gollon nhw ddiddordeb yn fuan iawn. Gan nad wyf yn rhoi fy nhraed dros drothwy drws y Clwb fel rheol, ychydig iawn o bobl sy'n fy adnabod. Cyrcydodd Meirion i lawr yn fy ymyl.

'Beth sy'n bod? Mae golwg fel y galchen arnoch chi.'

Nawr, mae gen i barch at Meirion, a theimlais gywilydd yn rhaffu celwyddau wrtho fod rhywun wedi dwyn fy mhwrs y tu allan i Swyddfa'r Post. Ond daliai fy nicter i losgi yn fy stumog, a rhoddais berfformiad dagreuol, llawn argyhoeddiad. Chwiliais yn fy mhoced am y darnau arian a'u dangos nhw iddo.

'Taswn i heb roi fy newid yn fy mhoced ar ôl prynu bara, fyddai dim gen i,' gorffennais yn gryg. 'Ac ro'n i'n dibynnu ar yr arian i brynu anrhegion.'

''Sda pobol ddim cywilydd, nac o's wir,' meddai gan chwythu aer o'i fochau. 'A hithe'n Nadolig hefyd!' Taflodd gipolwg o'i gwmpas yn feddylgar. 'Arhoswch fan hyn am funud.'

Gwyliais ef yn chwilio o dan y cownter hir, ac yna ymddangosodd eilwaith gyda'r tun o fins-peis. Rhoddodd ef ar y bwrdd o'm blaen ac agor y caead. Roedd ynddo gryn dipyn o arian mân. Edrychais yn ddryslyd arno.

Rhoddodd Meirion hanner gwên.

'O'n i ddim yn hapus iawn pan fynnodd Jac mod i'n codi hanner can ceiniog yr un amdanyn nhw, ond wir, roedd e'n werth ei wneud, on'd oedd e?'

'Hanner can ceiniog?'

'Ie, ar gyfer rhyw elusen, medde fe.'

Roedd Meirion yn rhy ddoeth i ddangos y gwyddai'n iawn taw Jac ei hun fyddai derbynnydd haelioni'r aelodau, ond gallwn weld na thwyllwyd ef am eiliad. 'Rhoia' i nhw mewn bag plastig i chi. Dyw e'n ddim byd tebyg i ddau gan punt, ond mae e'n rhwbeth, sa'ch 'ny.'

'Diolch yn fawr,' meddwn, gan deimlo'r dagrau'n dechrau llifo unwaith eto. 'Ble mae e?'

'Mas y bac.' Edrychodd ar ei wats. 'Daro, bydd angen i fi ei siapo hi. Mae Siôn Corn i fod i gyrraedd gyda'i sach anrhegion am bedwar. Bydd angen y rhestr o enwau arno fe. Odych chi moyn i fi ddweud wrth Jac eich bod chi yma?'

'Cystal i chi wneud,' atebais, gan obeithio y byddai'r cam hwn yn ei baratoi am y newyddion trychinebus. Efallai y tynnai hynny rywfaint o'i ddicter oddi arna' i am sbel fach, er y byddai'n rhaid i fi wynebu hynny wedi i ni gyrraedd adref. Crynais wrth feddwl am y Nadolig y byddwn yn ei dreulio yn ei gwmni, ond roeddwn i'n dal yn benderfynol na fyddwn i byth yn datgelu cuddfan yr arian.

Diflannodd Meirion o'r golwg am y tro gyda'r tun, a gwyliais y teuluoedd yn eistedd yn gytûn yn aros am ddyfodiad Siôn Corn. Roedd y plant yn llawn cyffro, a chofiais yn drist am y cyfnod byr hwnnw ym mywydau fy mhlant fy hun. Ni fyddai wedi taro Jac am eiliad i wahodd ein hwyrion ni i'r parti. Yn y gorffennol, roedd hynny wedi fy mrifo, ond efallai fod hynny'n fendith y tro hwn.

Aeth si drwy'r ystafell, a chlywyd cloch yn canu o bell. Safodd un bachgen bach yn ei unfan yn sydyn wrth fy ymyl, yn llygaid i gyd a'i geg ar agor. Y fath ddiniweidrwydd annwyl! Mor gyflym y diflannai.

'Ho, ho, ho!'

Erbyn i Siôn Corn ymddangos, yn canu ei gloch fawr, roedd hanner y plant yn neidio i fyny ac i lawr ac yn gweiddi a'r rhai llai wedi mynd i gwato tu ôl i gadeiriau eu rhieni. Ni symudodd y bachgen bach, ond cwtsio'n agosach at fy mraich. Edrychais draw a gweld ei fam yn gwenu braidd yn bryderus arnaf.

'Mae e'n iawn,' sibrydais yn dawel.

Pan ddringodd ar fy nglin, roeddwn i'n disgwyl i'm cefn gwyno, ond ni wnaeth, ac oni bai fy mod yn corddi tu mewn fel buddai, byddai'r eiliadau hynny wedi bod yn felys tu hwnt. Galwyd y plant ymlaen bob yn un a dau i dderbyn eu hanrhegion – gyda rhai'n gyndyn iawn o fynd. Daeth tro fy mychan i, a chamodd ei dad atom, ond siglodd y bachgen ei ben yn benderfynol, a chan afael yn dynn yn fy llaw, tywysodd fi at y dyn mawr. Derbyniodd ei anrheg a dweud diolch mewn llais bach swil. Yna edrychodd i fyny arnaf.

'Ble mae dy bresant di, 'te?' gofynnodd dros bob man.

Yn y cwpwrdd crasu, meddyliais yn ddistaw, wrth i'r bobl o'n hamgylch chwerthin. Gwenais, ond roeddwn i wedi gweld Jac yn gwgu arna' i o gornel fy llygad ac felly arweiniais y plentyn yn ôl at ei deulu, gan wybod bod y nyth cacwn ar fin disgyn am fy mhen.

'Tu fas i Swyddfa'r Post, wedest ti?'

Roedd e wedi fy nghornelu o'r diwedd, ger y bar. Safai yng nghysgod y canopi efydd a'i gefn yn erbyn y drws a arweiniai i'r gegin, yn edrych yn fwy tebyg i froga mawr coch nag erioed. Hwyrach ei fod wedi dewis yr unig fan yn yr ystafell eang lle na fyddai'n tynnu sylw neb.

'Ie,' meddwn. 'Gwmpes i, t'weld. Helpodd pobl fi i godi ar fy nhraed.'

'A helpu 'u hunain i dy bwrs di'r un pryd! Pam na roiest ti'r arian yn dy boced, er mwyn dyn?'

Dim gair o gydymdeimlad, ond doedd hynny'n ddim byd newydd.

'Am nad y'n nhw'n ddwfn iawn,' atebais. 'Ro'n i wedi rhoi'r arian yn y rhan o'r pwrs â sip, a gwthio'r pwrs i waelod fy mag. Gwnes i 'ngore i'w gadw fe'n ddiogel.'

'Hy!'

Byddai wedi dweud mwy, ond roedd Meirion wedi dechrau casglu gwydrau nid nepell i ffwrdd, yn fwriadol, yn fy marn i. Syllodd Jac yn gas arno, ond anwybyddodd Meirion ef.

'Pwy oedd 'na?' gofynnodd Jac yn sydyn.

'Lot o bobol, fel sy'n arferol ar ddydd Iau. Roedd ciw hir.'

'Beth am y set ddi-wardd 'na sy'n hongian biti'r lle byth a hefyd?'

Amneidiais yn araf, gan synnu braidd ei fod yn gwybod am y cryts, ond yna cofiais am yr Offi ar draws y ffordd. Ac yntau'n un o selogion y lle, byddai Jac wedi'u gweld droeon.

'Dwi ddim yn siŵr,' atebais, 'ond efallai fod un neu ddau ohonyn nhw 'na.'

Gwnaeth geg hyll arnaf, a gwelais fod dafn bach o boer gwyn wedi ymgasglu yng nghornel ei wefus. Deuai aroglau gwirodydd oddi arno'n gryf, ond doedd e ddim yn feddw gaib. Ddim eto, ta beth. Fy unig obaith oedd y byddai'r golled yn peri iddo yfed nes ei fod yn anymwybodol cyn iddo adael y Clwb. Byddai'n rhaid i fi wario arian y mins-peis ar dacsi os byddai hynny'n digwydd, ond doeddwn i ddim yn hidio.

Heb rybudd, gafaelodd yn fy ysgwydd a meddyliais ei fod am fy mwrw o flaen pawb. Dyna aeth drwy feddwl Meirion hefyd, oherwydd cymerodd gam tuag atom. Fodd bynnag, fy nhroi i wynebu'r ystafell oedd ei fwriad.

'Drycha!' hisiodd yn fy nghlust. 'Co un ohonyn nhw! O'dd e 'na heddi?'

Wyddwn i ddim at bwy roedd e'n cyfeirio. Roedd y lle'n byrlymu â phobl o bob oed. Dwi'n credu i fi fwmial rhywbeth diystyr, ond gwthiodd Jac fi o'r neilltu'n galed, ac oni bai i Meirion afael yn fy mraich, byddwn wedi cwympo unwaith eto. Gallwn glywed gweiddi mawr a sŵn cadeiriau'n disgyn i'r llawr. Edrychais i gyfeiriad y sŵn, ond roedd y drws allanol wedi'i slamio a dim sôn am Jac, na'r crwt yr oedd wedi holi amdano fe.

'Yffach gols!' meddai Meirion. ''Na'r peth dwetha ry'n ni isie 'ma yw ffeit.' Galwodd ar rywun i gadw llygad ar y bar, a cherdded yn bwrpasol drwy'r dorf a'i sŵn. Ymhen tipyn dilynais ef o bellter, gydag amryw eraill o'm blaen. Bu'n rhaid i ni wthio drwy'r smygwyr a safai o dan y portsh, ond gan ei bod eisoes wedi nosi, a minnau'n fyr o gorff, allwn i weld fawr ddim. Roedd rhyw dawedogrwydd anesmwyth wedi disgyn dros bawb, yn hollol wahanol i'w ffraethineb arferol.

"Na'i wraig e,' meddai rhywun dan ei anadl o'r diwedd. 'Gadewch iddi fynd drwodd, bois.'

'Cadwch y drws 'na ar gau,' meddai rhywun arall. 'Rhag ofon i ryw blentyn weld.'

Fel llenni'n agor o'm blaen ar lwyfan, gwelais y rheswm dros eu tawelwch. Penliniai Meirion ar y ddaear, yn siarad yn daer i'w ffôn symudol. Safai'r crwt drosto, a'i freichiau main, noeth wedi'u plethu. Crynai'n ddilywodraeth. Roedd llygaid y ddau wedi'u hoelio ar ffigwr mawr Jac, yng nghot laes, goch Siôn Corn, â'r cwcwll yn hanner gorchuddio'i wyneb, a orweddai'n llonydd o'u blaen. Fel pe bai'n synhwyro fy mod yno, edrychodd y crwt draw.

'Wnes i ddim byd iddo!' gwaeddodd yn groch. 'Dim byd!'

Camodd un o'r dynion eraill ato i'w gysuro.

'Naddo. Welon ni'r cyfan. Hyd yn oed pan driodd e dy fwrw di. Harten neu strocen, galli di fentro. Ro'dd e wedi bod yn tanco drw'r dydd.'

Gwnaeth Meirion ei orau cyn i'r ambiwlans gyrraedd, gan bwyso'n drwm a rhythmig ar ei frest, ond roedd Jac wedi mynd. Eisteddais gydag ef yn yr ambiwlans gan synnu mor galed y gweithiai'r parafeddygon, ond yn dawel fach ro'n i'n ewyllysio iddo beidio â dod nôl.

Fe fydda i'n mynd draw i'r Clwb yn fwy aml y dyddiau hyn. Mae e'n rhywbeth i'w wneud gyda'r nos am awr fach, a wir, dwi wedi gwneud ffrindiau newydd. Fe fues i ar y trip i Ddinbych-y-pysgod gyda nhw yn yr haf. Ond weithiau, mae'n fy nharo na fyddai pobl, efallai, mor garedig wrtha' i pe baen nhw'n gwybod taw fi oedd yn gyfrifol, mewn gwirionedd, am farwolaeth Jac. Yn rhyfedd iawn, dyw hynny'n poeni dim arna' i.

Dwi'n edrych ymlaen at y parti Nadolig nesaf yn y Clwb. Mae Siw wedi addo dod â'r wyrion. A chan nad oes ganddyn nhw Siôn Corn, tybed a fydden nhw'n fodlon fy ystyried i fel Siân Corn? Y tro nesaf daw Meirion draw am ginio dydd Sul, dwi'n bwriadu gofyn iddo.

Cracers cariad

Llew

Agorodd Llew y *Cambrian News* i'r 'Golofn Bobl Unig' a chwilio am ysbrydoliaeth.

DYNION YN CHWILIO AM FENYWOD	
DYN BYR, TEW A MOEL, 53, yn chwilio am ddynes fyr ei golwg.	**19 HYSBYSEB BERSONOL AC YN DAL I FYND.** 1 ymateb yn unig hyd yn hyn; Mam yn atgoffa fi nôl bara a llaeth o Spar. Dyn, 46.
MAE RHAMANT WEDI MARW, a'm mam hefyd. Dyn, 42, â chyfoeth etifeddedig.	**AI TI YW BETHAN GWANAS?** Ysgrifenna at ddyn obsesiynol (36). Nodyn: does dim angen i bobl nad ydynt yn Bethan Gwanas ymateb.

'Nô wei 'wi mor despret â hyn. Nô wei.' Tynnodd Llew ei drwyn o'r papur ac edrych ar ei adlewyrchiad yn ffenest y ffreutur. Roedd e bron yn ddeg ar hugain, oedran bach teidi. Doedd e ddim yn dal, nac yn fyr chwaith, a doedd ei fol ddim yn rowlio dros dop ei drowsus fel y gwnâi'r blomonj o fol oedd gan Huwi Tomos. Roedd ei lygaid yn llwyd ac wedi'u fframio â sbectol drwchus ddu, ei wallt yn llygliw, ei ddillad yn drwsiadus a'i sgidiau'n sgleinio. Ocê, dyn bach cyffredin oedd e, ond roedd ganddo'r potensial i fod yn *good catch* i rywun. Ond ro'dd jest meddwl am siarad â phobl yn dod â chwys oer drosto, ac roedd siarad â menyw yn y ffordd yna mor estron iddo â phakoras Mina Sing.

Cofiodd y tro diwethaf iddo drio gwneud y fath beth, er y byddai'n well ganddo gloi'r atgof bach hwnnw mewn cist lychlyd yng nghefn ei feddwl. Mis Mai oedd hi, ie dyna ni, ryw chwe mis yn ôl erbyn hyn. Eistedd ar un o'r meinciau pren ar y prom yn Aberystwyth oedd e, jest y tu allan i westy'r Glen, yn gwylio'r machlud gwefreiddiol sydd i'w weld bron iawn bob nos yn Aber. Fflasg o Ribena poeth wrth ei ymyl a rhyw lyfr neu'i gilydd yn ei law . . . Beth oedd y llyfr hwnnw? Caeodd ei lygaid a ffurfio'r olygfa yn ei feddwl. Ugeinfed o Fai, nos Lun, tua hanner awr wedi chwech . . . o ie, *Dan Gadarn Goncrit*. Ta waeth, o gornel ei lygaid gwelodd ffigwr cyfarwydd yn cerdded ar hyd y prom; tal, main, gwallt euraid a'r wyneb hyfrytaf oedd ganddo yn ei gatalog meddyliol. Doedd e ddim wedi gweld Llio ers dyddiau ysgol, ryw ddeuddeng mlynedd yn ôl, ond doedd Llew byth yn anghofio wyneb.

Rhaid bod y Ribena'n gryfach na'r arfer y noson honno; dyna'r unig esboniad oedd gan Llew i fedru gwneud sens o beth ddigwyddodd nesaf. Teimlodd ei hun yn codi o'r fainc ac yn symud tuag at Llio. Ewyllysiodd i'w goesau stopio, troi a cherdded i'r cyfeiriad arall. Sgrechiodd llais bach anobeithiol yn ei glustiau.

'Paid. Paid. PAID! Llew! Stopia! Tro rownd, cer nôl at y fainc, cer am Consti, cer i'r Glen . . . jest paid mynd draw ati, Llew, plîs . . .'

Ond symud yn agosach ati wnaeth y coesau main. Edrychodd hithau'n ddryslyd ar y dyn ifanc a gerddai'n sigledig tuag ati; ta pwy oedd e, ro'dd e'n edrych fel petai e newydd weld ysbryd. Doedd cof Llio ddim cweit mor siarp â storfa atgofion Llew. Cochodd yntau. Tynhaodd ei frest. Roedd ei geg yn teimlo fel papur llyfnu. Teimlodd y gwaed yn rhuthro drwy ei wythiennau. Roedd e o fewn troedfedd iddi, cymerodd anadl ddofn, ond ni ddaeth gair o'i geg. Aeth golwg o banig dros wyneb Llio.

'Chi'n olréit? Chi'n clywed fi? Helô? *Are you all right? Come and sit down here.*'

Gosododd Llio ei llaw ar ei gefn a dyna hi ar ben arno. Cwympodd yn swp chwyslyd wrth ei thraed.

Pan ddaeth Llew ato'i hun, roedd e'n gorwedd ar draws cwpwl o gadeiriau ym mar y Glen. Cadwodd ei lygaid ar gau i osgoi gorfod ceisio siarad â Llio eto, a gwrando ar ryw lais dwfn, melfedaidd.

'Ti'm yn cofio fe, Lli?' Chwarddodd yn dawel. 'Wel, dyle'r sioe fach 'na mas fynna fod yn gliw i ti . . . cer 'nôl rhyw ddeuddeng mlynedd.'

'Deuddeng mlynedd? So o'n i'n yr ysgol . . . yn y chweched.' Diharddwyd hi ag ymddangosiad gwên fach nawddoglyd dros ei hwyneb.

'Nô wei! Dim Llew Llewygu yw e? Ha! Dal i fod yr un mor anobeithiol gyda merched ac ynte bron yn thyrti!'

'Hisht, wir, rhag ofan iddo fe dy glywed di.'

Chwarddodd y ddau a rhannu ambell jôc arall yn sgil lletchwithdod llafar Llew. Cochodd yntau a gweddïo ar i'r ddwy gadair ddiflannu ac i'r llawr ei lyncu yn y fan a'r lle; Ieuan oedd y person diwethaf ro'dd e ishe'i wynebu ar ôl y fath sioe. Agorodd ei lygaid yn araf bach a cheisio codi. Doedd bod yn llechwraidd ddim yn un o gryfderau Llew. Simsanodd un o'r cadeiriau, a dyna lle roedd e, unwaith eto, wrth draed Llio. Methodd y ddau wyliwr â rhwystro'u hunain rhag chwerthin wrth helpu Llew i'w draed.

'Ti'n iawn, Llew?' Doedd e ddim wedi clywed yr hen lais haerllug yna ers deuddeng mlynedd.

'Iawn. Ie. Odw. Diolch i chi. Hwyl nawr!' Chwydodd y geiriau o'i geg fel rhaff hancesi o geg clown ac allan â fe.

Ond dyna ddiwedd y fath ymddygiad. Penderfynodd Llew wrth gerdded o'r Glen y noson honno na fyddai Llew Llewygu yn dod 'nôl i'w drwblu eto.

Cymerodd gip arall ar y *Cambrian News*, a thynnu ei lyfr nodiadau allan o'i fag lledr jest wrth i'r gloch ganu. Edrychodd ar ei oriawr. Hanner awr ginio arall wedi'i gwastraffu'n synfyfyrio. Ochneidiodd, rhoi'r cyfan yn ôl yn ei fag a thaflu hwnnw'n lletchwith dros ei ysgwydd.

'Yr olaf ma's o 'ma 'to, Williams!' taranodd llais Clive o'r tu ôl iddo. Dyna beth oedd dyn rhyfedd. Twmpyn o ddyn byr, yr un sbit â Bill oddi ar yr hen gêm fwrdd Guess Who?

'Ma' ishe i ti ddachre consyntreto, gw'boi. Nawr stopa freuddwydio a gwastraffu'n amser prin i! Os nag wyt ti'n rhoi dy feddwl ar waith, allet ti golli lot o arian i fi. Ti'n *liability*. Deall?' Ffatri Clive oedd hon. Clive oedd y bòs a doedd neb i anghofio hynny. Nodiodd Llew ei ben i ddangos ei fod yn deall a rhuthro at ei stôl wrth y cludfelt.

Eisteddai pedwar ohonyn nhw wrth y cludfelt: Idris, Elaine, Mina, ac yntau. Dylai Idris fod wedi ymddeol cyn iddo gael y swydd yn y ffatri hyd yn oed, ond gwelodd Clive e fel ased i arbed arian, a beth bynnag, doedd neb na dim gan Idris i lenwi'r diwrnodau hir, felly ro'dd yn fendith iddo gael dod i lenwi cracers.

Roedd Elaine, ar y llaw arall, yn casáu ei swydd â chas perffaith. Doedd dim rheswm ganddi mewn gwirionedd gan nad oedd hi'n gwneud rhyw lawer o waith. Treuliai fwy o amser yn bwrw ei chŵyn ac yn sugno Werther's Original nag y gwnâi hi'n llenwi cracers. Roedd Llew yn synnu bob blwyddyn nad oedd mwy o gŵynion yn cyrraedd Clive am y diffyg hetiau papur yng nghynnyrch Clec!-yrs.

Dynes o Nepal oedd Mina, ac roedd hi wedi mabwysiadu Idris. Dôi â dau docyn bwyd gyda hi bob dydd: un iddi hi a'r llall i Idris. Cymerai Idris y tocyn yn ddiolchgar ond byddai'n ei gyfnewid am sanwej ham a thomato a phecyn o greision *salt and vinegar* gan Jaimie Rhubanau yn ddi-ffael bob dydd. Do'dd samosas, pakoras a roti ddim cweit at ddant 'rhen Idris. Un ddywedwst iawn oedd Mina, yn llenwi'r cracers gyda'r teganau bach da-i-ddim heb ddweud 'run smic wrth neb. Rhwng Idris ac Elaine eisteddai Llew, yn plygu papurau jôcs drwy'r dydd.

'Give us a joke 'en, Llew. We need summin' to *codi'n calon* in this *twll o le*!' Torrodd llais miniog Elaine ar draws ei synfyfyrion. Aeth i banig.

'Paid cynhyrfu 'chan,' mwmiodd wrtho'i hun, 'jyst darllen yn uchel ti'n goro' neud, dim siarad â hi go iawn.' Cododd lond dyrnaid o jôcs o'r bocs wrth ei ymyl a darllen pedair, un ar ôl y llall ar frys, heb roi cyfle i neb chwerthin ar y *punchline*.

C: Pa un yw'r gacen fwyaf peryglus yn y byd?
A: Mike Teisen!

C: Beth ydych chi'n galw dyn llaeth o'r Eidal?
A: Toni Torripotelli!

C: Pa fath o bwdin sy'n dod nôl o hyd?
A: Bwm-myráng!

C: Beth sy'n wyn tu fas, yn llwyd yn y canol, ac yn drwm ar y stumog?
A: Brechdan eliffant!

'Go dda, wir!' Chwarddodd Idris fel crwt bach a symud draw at Llew gan sibrwd yn ei glust.

'Cwpaned bach o de heddi, Llew?' Ceisiai berswadio Llew i ddod am baned gyda nhw bob bore am hanner awr wedi deg – dim eiliad yn gynt, dim eiliad yn hwyrach – ond gwrthodai Llew bob tro.

'Dim heddi diolch, Idris.'

Atebodd â winc fach. "Na ti 'de, Llew bach, do'i â cystard crîm fach 'nôl i ti fel arfer.'

Gwenodd Llew arno ac estyn y fflasg o Ribena poeth o'i fag. Edrychodd o'i gwmpas yn ofalus. Roedd pawb wedi mynd am baned, y peiriannau'n canu grwndi'n dawel a'r pentyrrau o gracers coch ac aur yn barod i'w pecynnu ar ddesg Gaenor. Chwarter awr oedd ganddo. Os na fyddai'n gwneud hyn heddiw, roedd e'n gwybod na fyddai e byth yn ei wneud. Aeth draw at y cyfrifiadur cyhoeddus wrth ddrws swyddfa Clive. Logiodd i mewn ac ymddangosodd llun o Alex Cuthbert yn plymio dros linell gais Lloegr, y bêl hirgrwn yn ei law, Mike Brown yn un swp anobeithiol y tu ôl iddo, a'r Cymry'n fôr o goch yn bloeddio'u gwladgarwch o'i gwmpas ar y sgrin lychlyd.

Dewisodd raglen Word ac agor ei lyfr nodiadau. Bodiodd drwy'r tudalennau ar ras.

'Dere mla'n, Llew, jyst *dewis* un!' Gwibiodd ei lygaid dros dudalennau o bytiau bach o ysgrifen traed brain.

'Reit, neith hwn y tro.' Ymddangosodd y sgribladau'n llythrennau bach twt, taclus ar y sgrin o'i flaen.

C: Ble fydd dyn ifanc (29), addfwyn a charedig, sy'n hoffi darllen, garddio a'r Beatles yfory?
A: Yn aros amdanat ti yng Nghaffi Anni, Aberystwyth, am 3yp gyda *Hen Benillion* ar y bwrdd. Wela' i di yno?

Gwasgodd y botwm argraffu, cau'r ddogfen a logio allan.

Rhedodd draw at yr argraffydd a chyrraedd yn ôl wrth y cludfelt fel roedd ei gyd-weithwyr yn gorlifo drwy'r drws bach metel yn ôl i lawr y ffatri. Cymerodd siswrn bach o'i fag a llwyddo i dorri'r bocs bach a'i gymysgu i ganol jôcs y cracers cyn i Idris, Elaine a Mina gyrraedd 'nôl at eu stolion. Anadlodd Llew anadl ddofn. Teimlodd ryw bwysau'n codi oddi arno, a mentrodd obeithio, am eiliad, y byddai'r weithred fach yn newid ei fyd.

Lili

Tynnodd ei ffedog fach werdd, â'r llygaid y dydd bach yn ddotiau drosti, a'i thaflu'n un belen grychlyd i'r bag cynfas wrth ddrws y gegin cyn camu i mewn at arogl y brandi a'r sbeis cymysg.

'Ma' popeth yn lân ma's y ffrynt.' Suddodd ei bys i mewn i'r gymysgedd *brownies* Nadoligaidd a llyfu'r cytew gludiog.

'Mmm, perffaith, Anni.'

''Drych, ma' un llond ffwrn ma's yn barod – cer â nhw adre 'da ti yn bwdin fory.'

'Be ti'n trial 'neud? 'Y mhesgi i?! Ti'n gw'bod mai fi fydd yn bwyta'r cwbwl . . . ma' Mam yn hollol bendant mai bwyd y Diafol yw siocled.'

Rowliodd Anni ei llygaid. 'Do'dd neb yn pobi cymaint â dy fam cyn i Brennig hwpo'i ben bach gwag drwy ddrws y bwthyn 'na! Cer â'r rhein 'da ti, ta beth – es i 'bach yn wyllt 'leni, ac ma' tua deg bocs yn y stafell gefn!' Pasiodd focs o Clec!-yrs iddi.

Gwisgodd Lili ei chardigan wlân amryliw amdani, rhoi cwtsh mawr i Anni a rhoi'r bocs o gracers yn ei bag.

'Joia 'fory nawr, a chofia fi at yr ieir!'

'A tithe, Anni, jyst gwna'n siŵr nag wyt ti'n gad'el i Jac fwyta gormod o fins-peis 'leni. Ti'm ishe ripît o'r llynedd, wyt ti?'

'Do's dim mins-peis yn agos i'r lle! Sdim yn dweud "Dolig Llawen" fel llond hosan Dolig o chŵd, o's e!'

Chwarddodd y ddwy'n iach a throdd Lili am y drws.

'Wela' i di drennydd. Dolig Llawen!'

'Ti'n hollol siŵr bo' ti'n iawn i witho Boxing Day? Ddo' i i ben yn iawn, t'mod.'

'Anni, ti'n gwbo' faint fi'n dwlu bod 'ma. Fan 'yn sy'n cadw fi'n gall! Wela' i di drennydd, nawr cer 'nôl i'r gegin . . . fi'n gwynto'r *brownies* 'na'n dechrau llosgi!'

Rhedodd Anni i gyfeiriad y ffwrn gan chwifio'i lliain sychu llestri a gweiddi ei tha-tas a'i Dolig-llawens. Camodd Lili o'r caffi, i mewn i'w VW Beetle glas-ŵy-hwyaden, tanio'r hen injan swnllyd a mynd i gyfeiriad y bwthyn bach gwyn â'r drws melyn-mwstard ar lethrau'r Mynydd Bach.

Deffrôdd Lili'r bore wedyn i arogl 'Nadoligaidd' yn dod o'r gegin . . . cacennau reis cnau castan a madarch gyda salad a brocoli. Grêt.

Dychmygodd gael ei deffro gan sŵn corcyn y botel siampên yn popian a chodi o'i gwely a chyrraedd y gegin yn llawn arogl twrci, llugaeron, sinamon a sinsir. Ochneidiodd a chladdu ei phen yn ôl o dan y gobennydd. Ffurfiodd ei dyfodol delfrydol yn llygaid ei meddwl: deffro yn ei bwthyn bach hi ei hun, ei Tom Good ei hun wrth ei hochr, llond cae o ieir a hwyaid, a dafad neu ddwy a mochyn bach yn crwydro o gwmpas y bwthyn. Dychmygodd ei thraed noeth ar lechen oer y gegin fawr a hithau yn ei dyngarîs a'i siwmper wlân yn paratoi'r cinio Dolig gyda llysiau o'r ardd gefn, twrci organig o'r fferm drws nesaf a gwydraid bach o *gin* eirin o'r clawdd yn ei llaw. Ond na, dyma hi'n deffro i arogl cryf brocoli'n cael ei ferwi nes ei fod yn slwtsh a *chai* sbeislyd ei mam yn llenwi'r tŷ. Gwisgodd ei dillad pob dydd a mynd i lawr i'r gegin fach.

Roedd drws y bwthyn bach led y pen ar agor a gwynt y

gaeaf yn rhuo drwyddo gan chwyrlïo trwch o lwch oddi ar y llawr dros bob man. Eisteddai ei mam ar stepen y drws yn gwneud ystum ioga'r *lotus*, ei llygaid ar gau a'i thraed budur yn troi'n las yn yr oerfel.

'Mam, dere mewn o'r gwynt 'na wir! Mae'n blincin rhewi mewn fan hyn!'

'Lili Haf . . . paid sianelu'r fath *vibes* negyddol, plîs. Ti'n gwybod be ma' hynny'n 'neud i'n *chakras* i.'

'Sori.' Petrusodd rhag gofyn y cwestiwn nesaf, ond roedd raid gwneud. 'Dyw *e* ddim nôl 'to 'te yw e?'

'Os *Brennig* yw '*fe*', wedyn nagyw, dim *eto*. Bydd e 'ma erbyn cinio. 'Nath e addo.'

'Reit.' Mwmiodd Lili dan ei hanal. 'Addawodd e'r tro dwetha 'fyd. Ma'r boi 'na mor anwadal â'r gwynt.'

'Glywes i 'na, Lili Haf! Os wyt ti'n negyddol drwy'r amser, fydd e'n teimlo'r *vibes* ac *wedyn* ddeith e ddim 'nôl.'

Rowliodd Lili ei llygaid. Gobeithio na ddaw'r ffŵl dwl 'nôl 'ma â'i *dreadlocks* drewllyd a'i drowsusau *tie-dye*. Doedd 'Brennig Lennon', neu beth bynnag oedd ei enw go iawn, ddim yn credu mewn cariad a heddwch fwy nag oedd Kim Kardashian. Ro'dd e mewn *dance party* yn Ibiza, mwy na thebyg, nid mewn mynachdy yn Nhibet.

Aeth i sianelu'r hynny o *good vibes* oedd ar ôl ganddi tuag at y cinio, ond ro'dd hi'n rhy hwyr. Ro'dd y cacennau reis yn ddu a'r brocoli'n slwtsh gwyn. Tynnodd y ffedog oddi ar y bachyn a'i chlymu amdani, taflu'r brocoli a'r cacennau reis i dun bwyd yr ieir – druan ohonyn nhw – a dechrau o'r dechrau eto.

Erbyn tri o'r gloch roedd ei mam wedi sylweddoli na fyddai Brennig yn dod nôl o Dibet y diwrnod hwnnw.

'Falle fod y gwahaniaeth amser wedi'i ddrysu e a'i fod e'n meddwl mai *Noswyl* Nadolig yw hi ne' rwbeth.'

'Falle. Er, sai'n credu 'ny rywsut, *and I quote*, "Lili Haf, *don't underestimate the power of Mother Nature*. Sdim angen clociau a chalendrau arna i. Fi'n un â *nature, man*. Yr haul a'r lleuad yw 'nghloc a 'nghalendr i."' Ro'dd Lili wedi perffeithio'r grefft o ddynwared llais Brennig, a oedd wedi mabwysiadu rhyw lais dwfn, araf lle byddai'n uno pob gair wrth ei gilydd ac yn defnyddio'r un dôn o siarad â hipstyrs Caerdydd.

Chwarddodd ei mam ar ei dynwarediad perffaith a mwytho'r gwallt coch a ddisgynnai'n gwrls hir dros war ei merch.

'Dim ond ti a fi 'leni eto 'te, Lili Haf... a fi 'di strywo'r cinio 'to, yndofe?' meddai â golwg ddigalon yn ei llygaid gwyrdd.

'Fel arfer Mam ... felly fi 'di 'neud rhywbeth bach gwahanol i ni 'leni: un o ryseitiau Anni.'

'Sdim cig, o's e?!' Roedd ei mam mewn panig llwyr.

Eisteddodd ei mam wrth y bwrdd derw a oedd wedi'i addurno â lliain bwrdd hesian, matiau wedi'u gwneud o lechen ac un o gracers Clec!-yrs arnynt, potelaid o win coch a llond bwrdd o ddanteithion. Llenwodd Lili eu platiau â madarch wedi'u stwffio â chaws glas gyda saws llugaeron, *tarte tatin* winwns coch bychain, rösti seleriac a phannas, pilaff Nadoligaidd a salad o lysiau rhost â chaws ffeta.

Gafaelodd ei mam yn un o'r cracers ac amneidio ar i Lili wneud yr un peth. Croesodd y ddwy eu breichiau a gafael yng nghraceri ei gilydd.

'Ma'n edrych fel bo ni'n ca'l rhyw fath o *séance* 'ma!' chwarddodd Lili, ond roedd wyneb ei mam yn llonydd. Yna ymledodd gwên fach dros ei hwyneb gan amlygu'r crychau dwfn o gwmpas ei llygaid.

'Ma' 'da fi deimlad da am y cracers 'ma, Lili Haf.'

Edrychodd Lili arni fel petai hi'n hanner call a dwl. 'Ti deffinét wedi'i cholli hi, Mam!'

Tynnodd y ddwy eu cracers a llenwyd eu clustiau â bang uchel, a'u ffroenau ag arogl mwg melys. Twriodd mam Lili i grombil ei chracer a gwisgo'i choron bapur goch cyn darllen ei jôc â brwdfrydedd croten fach.

> Cnoc cnoc!
> Pwy sy' 'na?
> Doli.
> Doli pwy?
> Dolig Llawen!

Edrychodd y ddwy ar ei gilydd a rowlio'u llygaid.

'Gobeithio bydd hon yn well!' Agorodd Lili'r darn bach o bapur gwyn a dechrau darllen.

'Cwestiwn. Ble fydd dyn ifanc, dau ddeg naw, addfwyn a charedig, sy'n hoffi darllen, garddio a'r Beatles yfory?' Tawelodd Lili a daeth golwg ddryslyd dros ei hwyneb.

'Ie? Beth yw'r *punchline* 'te? Jôc fach od ar y naw, rhaid gweud.'

Pasiodd Lili'r papur i'w mam. 'Sai'n credu mai jôc yw hon, Mam.'

Darllenodd weddill y 'jôc'. 'Yn aros amdanat ti yng Nghaffi Anni, Aberystwyth, am 3yp gyda *Hen Benillion* ar y bwrdd. Wela' i di yno?' Edrychodd i fyny at ei merch a gwichian 'Lili! Fi'n *bendant* mai dyma beth roddodd y *vibes* 'na i fi! Hwn, Lili fach, yw dy ddarpar ŵr!'

'Paid bod yn ddwl, fenyw! Ma'r boi 'ma'n boncyrs!'

'Wel, byddi di'n gwitho yn y caffi fory ta beth, felly alli di weld beth yw ei hyd a'i led e cyn bo' ti'n penderfynu.'

Ro'dd e'n swnio'n olréit, a dweud y gwir, yn hoff o'r un math o bethau â hi ei hun. Fflachiodd yr olygfa o'i blaen eto, yr un lle roedd hi a'i gŵr allan yng ngardd gefn eu bwthyn clyd: fe'n palu'r degau o lysiau gwahanol, a hithau'n eistedd yn yr haul yn ei wylio ac yn sgwennu ei thrydedd nofel lwyddiannus. Roedd ei mam yn iawn – byddai hi yn y caffi ta beth, a châi benderfynu fory a oedd hi am ymateb i'r dyn dirgel.

Llew a Lili

'Yw e 'ma 'to?' holodd Anni am y degfed tro.

'Anni, dim ond chwarter wedi dau yw hi! Dyw e ddim i fod 'ma tan dri.'

Aeth Lili yn ôl at ei gwaith. Ro'dd hi wrth ei bodd yn paratoi'r gwahanol fathau o goffis ac yn dwlu cael gweini ei chreadigaethau ei hun i'r cwsmeriaid ffyddlon. Caffi Anni a Lili ddylai hwn fod mewn gwirionedd; Anni oedd yng ngofal y prydau o fwyd, a Lili oedd yn creu'r holl ddanteithion melys a addurnai gownter y caffi.

Am chwarter i dri cerddodd dyn eithaf tal, main, tua deg ar hugain oed drwy ddrws coch, croesawgar Caffi Anni. Roedd ganddo fag lledr brown yn ei ddwylo, a gwelodd Lili glawr cyfarwydd *Hen Benillion* T. H. Parry-Williams yn pipo allan ohono. Fedrai hi wneud dim ond syllu arno wrth iddo eistedd wrth y bwrdd yn y ffenest, tynnu *Hen Benillion* o'r bag, a chymryd golwg ar y fwydlen. Edrychai'n nerfus ac yn barod i redeg i ffwrdd unrhyw eiliad. Cerddodd Lili draw at fwrdd tri, y feiro yn ei llaw chwyslyd bron â llithro o'i gafael. Roedd e'n dal i syllu ar y fwydlen, heb sylwi ei bod hi yno. Pesychodd i glirio'i gwddf, a neidiodd yntau ychydig fodfeddi oddi ar y gadair felen.

'Pnawn da. Wyt ti'n barod i archebu?'

Oedodd ei lygaid arni'n hirach nag y bwriadodd.

'O ie, ydw, diolch. Ga'i gwpaned o goffi du plîs a ta beth yw'r arogl hyfryd 'na sy'n dod o'r gegin.'

Ffiw, roedd e wedi llwyddo i siarad â merch mewn ffordd gall.

'Byns Nadoligaidd y'n nhw, tebyg iawn i Chelsea Buns ond

â sinamon, llugaeron a bricyll yn hytrach na jest syltanas a chyrens.' Edrychodd ar ei horiawr. 'Mi fyddan nhw'n barod mewn rhyw bum munud.'

'Swnio'n hyfryd. Diolch.'

Syllodd arni wrth iddi gerdded yn ôl at y cownter. Gwisgai ffrog glytwaith o liwiau'r hydref, bŵts gwyrdd tebyg i liw afalau Granny Smith at ei fferau, a phâr o glustlysau hirion gyda blodyn bach origami'n hongian yn dlws oddi ar y weiren denau. Roedd ei gwallt yn glwstwr o blethi bach cochion ar gefn ei phen, ag ambell gudyn yn disgyn yn bendramwnwgl ar ei hysgwyddau.

Agorodd drws y caffi a thynnwyd ef o'i synfyfyrio. Roedd hi bron yn dri o'r gloch. Cerddodd dyn byr, moel, yn ei bedwardegau i mewn, yn gwisgo siwt gordyrói werdd ac esgidiau cochion. Tu ôl iddo roedd merch ugain mlwydd oed, ei hwyneb wedi'i orchuddio â chymaint o golur nad oedd modd dirnad pa fath o wyneb oedd ganddi go iawn. Bwriodd realiti Llew fel bricsen. Roedd e wedi bod mor siŵr y byddai'r nodyn yn y cracer yn ei arwain at y fenyw berffaith iddo! Doedd e ddim wedi ystyried o ddifrif y posibiliadau eraill. Yn un peth, efallai na fydda neb yn dod yno; wedi'r cyfan, câi Clec!-yrs eu dosbarthu i bob cwr o Gymru. Ac wedyn roedd posibilrwydd arall, ac un hynod o debygol ar ôl meddwl am y peth – mai hen wraig, dyn, merch ifanc, neu ŵr rhywun fyddai'n dod i gwrdd ag ef. Efallai mai gadael cyn i neb sylwi ar y llyfr fyddai orau, ystyriodd Llew, ond ro'dd arogl y coffi a'r byns Nadoligaidd yn ddigon i'w gadw yno.

'Alla' i ddim 'neud hyn,' meddyliodd iddo'i hun. Roedd hi bron iawn yn dri o'r gloch. Allai e ddim goddef cael ei wneud yn gyff gwawd yn gyhoeddus eto. Cydiodd yn y copi o *Hen Benillion* a'i guddio yn ei fag cyn tynnu *The Walrus was Paul* allan i'w ddarllen yn ei le.

'Dyw e ddim yn edrych fel seico, yw e?' gofynnodd Lili i

Anni. Gwasgodd y ddwy eu trwynau yn erbyn ffenest gron y gegin i gael gwell golwg ar y dyn dirgel.

'Ma' fe newydd roi'r *Hen Benillion* i gadw . . . Ti'n meddwl bod e 'di newid ei feddwl? Wedi sylweddoli bod beth ma' fe'n 'neud bach yn nyts? Ma' fe'n lwcus mai fi gafodd y neges, a dweud y gwir. Dychmyga tase Nerys Nymbyr Sics wedi ca'l gafael ar y cracer 'na!' Roedd y ddwy yn eu dyblau.

'Fydde dim gobeth 'da fe, druan! Bydde hi wedi'i orfodi e i'w phriodi hi erbyn dydd Sadwrn, fel nath hi gyda Dai Siencyn a Don Llâth, a 'na'i ddiwedd e wedyn!'

'Siriys nawr, Anni, be yn y byd fi fod i 'neud?'

'Drycha, cer â'r fynsen mas iddo fe, a dechreua siarad fel 'set ti'n 'neud gydag unrhyw foi arall. Sdim rhaid i ti 'weud mai ti yw "merch y cracer" os byddi di'n meddwl nag yw e yn ei lawn bwyll!'

Cymerodd Lili anadl ddofn, rhoi'r fynsen ar blât bach a dechrau cerdded tuag at fwrdd tri, gydag Anni yn gwylio pob symudiad o ffenest y gegin.

'Un fynsen Nadoligaidd.' Rhoddodd y fynsen o'i flaen ond chododd y dyn mo'i drwyn o'i lyfr wrth fwmian ei ddiolch. Trodd Lili, ond cyn iddi ddechrau cerdded oddi wrtho, trodd yn ôl i wynebu'r dyn a oedd erbyn hyn wrthi'n rhoi'r fynsen yn ei geg.

'Gest di ddigon ar yr *Hen Benillion*, do fe?'

Cafodd ei ddychryn gan ei geiriau a bu bron iddo dagu ar ei gegaid o'r fynsen.

'O, ym, naddo. Mistêc oedd dod â hwnna. Well 'da fi hwn beth bynnag.' Dangosodd glawr y llyfr. Roedd gwên fach i'w gweld yn y llygaid llwydlas tu ôl i'r sbectol drwchus, cyrliai ei wallt brown yn dwt ar dop ei war ac ymddangosodd bochdwll bach yn ei foch chwith. Gwisgai grys lliain gwyn a botymau brown arno, jîns tywyll trwsiadus a phâr o sgidiau converse glas tywyll. Ro'dd rhywbeth trawiadol am hwn, meddyliodd Lili a rhoi gwên fach swil iddo. Doedd hi ddim wedi disgwyl ei weld e'n darllen *The Walrus was Paul.* Efallai fod ei mam ac Anni'n iawn. Efallai y dylai roi cyfle iddo – wedi'r cyfan, nid bob dydd y deuai ar draws dyn golygus yn darllen am farwolaeth honedig ei harwr Paul McCartney.

'Ddarllenes i hwnna gwpwl o fisoedd yn ôl, ond nonsens yw'r rhan fwyaf o'r theorïau sy' ynddo fe.'

'Ti'm yn credu mewn *conspiracy theories* 'te?' Synnodd Llew pa mor hawdd oedd hi i siarad â'r ferch bert yma. 'Sori, sai'n gw'bod beth yw dy enw di? Llew ydw i, a fi'n credu falle bo' fi'n dy gadw di rhag dy waith?'

'Lili,' estynnodd ei llaw ar draws y bwrdd a siglo llaw Llew. 'Dwi 'di gorffen am y dydd, felly dwi'n rhydd i drafod *conspiracy theories* drwy'r prynhawn, os ti ffansi.'

'Wel, os felly, be ti'n feddwl am y theori mai un o *hitmen* y CIA oedd tu ôl i lofruddiaeth John Lennon?'

Eisteddodd y ddau'n trafod eu theorïau tan i Anni ddod i'w hatgoffa fod y caffi wedi cau ers hanner awr, a bod yn rhaid iddi gau'r lle a chasglu Jac oddi wrth ei mam-yng-nghyfraith. Fiw iddi fod eiliad yn hwyr. Cododd y ddau o'r bwrdd, rhedodd Lili i nôl ei chôt o'r ystafell gefn ac arhosodd Llew amdani wrth ddrws y caffi. Sylwodd Lili ar y copi o *Hen Benillion* yn gorwedd ar y llawr o dan y bwrdd a'i godi. Estynnodd y llyfr i Llew gan ystyried dweud wrtho mai hi oedd y ferch ro'dd e wedi bod yn aros amdani, ond wrth weld ei wyneb swil yn cochi wrth dderbyn y llyfr, penderfynodd fod cwrdd dros *The Walrus was Paul* yn eu siwtio nhw i'r dim. Gafaelodd ym mraich Llew, a pharhau â'i damcaniaethu.

'Ma' gyda fi un dda i ti: Meic laddodd Jimi Hendrix . . .'

BETHAN JONES PARRY

Adfent

Safodd Ifan Hughes wrth giât bren gardd ffrynt Angorfa. Roedd hi'n oer ac yn dawel ar stad Môr Awel. Er nad oedd hi ond chwech o'r gloch yr hwyr, doedd yna'r un enaid byw o gwmpas. Roedd y gwynt yn fain, a rhyw hen dawch fel 'tai wedi'i lusgo'i hun o'r traeth i fyny Stryd y Castell a'i chychwyn hi am ganol tref Abermerthyr cyn setlo'n drwm ac yn dywyll dros y stad.

Aeth ias i lawr asgwrn cefn Ifan ac wrth i'r cryndod sydyn ei daro disgynnodd cawod fechan o lwch lli oddi ar ei gôt a setlo fel eira mân melyn o flaen y giât. Roedd o wedi blino ac yn dyheu am gael tynnu ei ddillad gwaith a setlo efo'i bapur o flaen tanllwyth o dân mewn heddwch. Gwyddai, fodd bynnag, nad oedd yna fawr o heddwch i'w gael ar aelwyd Angorfa ers i Anti Sali farw, dim hyd yn oed ar drothwy tymor ewyllys da.

Tynnodd ei gôt yn dynnach amdano a rhoddodd ei fys ar glicied y giât, ond phwysodd o mohoni. Doedd May ddim wedi cau'r *Venetian blinds* ac er ei bod yn amhosib gweld yn iawn, gwyddai wrth wylio'r goleuadau amryliw yn wincio trwy'r gwydr ei bod wedi treulio'r rhan helaethaf o'r dydd yn addurno'r tŷ a'r goeden Nadolig smalio bach. Roedd yn gwybod, hefyd, ei bod wedi treulio gweddill y dydd yn melltithio Anti Sali ac yntau.

Roedd y ddefod o addurno'r tŷ yn syth ar ôl Sul cyntaf yr Adfent wedi bod yn achos sawl dadl rhwng y ddau yn ystod blynyddoedd cynnar eu priodas. Doedd gan Ifan fawr i'w ddweud wrth y Dolig. Gwastraff arian a gwastraff amser oedd y cyfan iddo fo. Roedd May, ar y llaw arall, wrth ei bodd yn paratoi ar gyfer yr ŵyl ac fe fyddai'n mynnu addurno'r tŷ ddiwedd Tachwedd gan ddweud mai dyma'r adeg briodol i wneud hynny, sef ar ddechrau'r Adfent – tymor y paratoi.

Daeth y ddadl arbennig yma i ben unwaith ac am byth wedi geni Bedwyr a Llinos. Gwyddai Ifan ei fod wedi hen golli'r dydd ymhell cyn i'r plant gyrraedd ond roedd gweld y ddau fach yn ymffrostio'n flynyddol yn ystafelloedd dosbarth ysgol gynradd Abermerthyr mai eu cartref nhw oedd y cyntaf i gael ei addurno bob blwyddyn, a bod eu tad yn saer (yn union fel Joseff!) yn rhoi rhyw bleser rhyfedd iddo ac yn gwneud goddef yr holl ffỳs yn haws.

Ar y llaw arall, er na wnaeth o erioed gyfaddef hynny, roedd o wrth ei fodd efo holl arogleuon y Nadolig. Cofiai'r cyfnod pan oedd coeden go iawn ac arogl pinwydd yn llenwi'r ystafell fyw. Roedd hi'n dal i achosi mymryn o loes calon iddo ei fod yn saer coed ond yn gorfod bodloni bellach ar goeden blastig. May ddywedodd nad oedd yna fawr o bwrpas talu am un bob blwyddyn ar ôl i'r plant adael.

Ochneidiodd, ac wrth i'r oerfel dreiddio trwy ei gôt waith pwysodd glicied y giât, cerddodd am y drws ffrynt ac i mewn i'r tŷ.

Roedd yna dinsel ym mhobman, hyd yn oed o gwmpas gwddw'r iâr wydr oedd ar y bwrdd wrth waelod y grisiau. Rhoddodd ei gôt yn araf, bwrpasol ar y bachyn, ochneidiodd eto, sythodd, ac aeth i mewn i'r ystafell fyw.

'Ew, ti wedi trimio.'

'Ti 'di sylwi.'

Wnaeth May ddim troi ei phen i gyfarch ei gŵr, dim ond dal i eistedd wrth y tanllwyth tân, ei choesau'n ymestyn o'i blaen a'i thraed hanner allan o'i ffaglau slipars. Anrheg Dolig *sorted*, meddyliodd Ifan.

Gwgai May i gyfeiriad y teledu, heb weld yr un llun na chlywed yr un eitem ar newyddion chwech. Gwyddai Ifan o'i hosgo ei bod hi'n dal yn flin, yn enwedig am fod ei llaw dde yn ffyrnig fwytho gwydraid o Warninks Advocaat melyn oedd yn hanner gorwedd ar ei glin.

'Ew – *advocaat* – mae'r Dolig yn nesáu,' meddai gan geisio ysgafnhau rhyw fymryn ar yr awyrgylch oedd yn oerach y tu mewn na'r tu allan.

'Nid o'r un botel â'r llynedd gest ti hwnna, siawns?'

'Naci.'

'Go dda. Dwi'n meddwl mai ŵy sy'n gwneud y ddiod yn felyn, er na welais i 'run ŵy y lliw melyn yna. Mae hwnna efo rhyw fymryn o wyrdd ynddo fo. Falle'u bod nhw'n cymysgu leim efo'r ŵy i greu'r lliw maen nhw ei eisiau. Dda gen i mo'r sglyfath stwff fy hun ond dwi'n gwbod bod o'n un o'r pethau sy'n gneud y Dolig i chdi. A dweud y gwir, hawdd gen i gredu y basa ei yfed o fel tollti'r hen gliw tew 'na ti'n ei roi ar bapur wal i lawr dy gorn gwddw, er nad ydw i erioed wedi gwneud hynny . . .'

'O, rho'r gorau iddi, nefoedd yr adar. Ydw, dwi'n dal yn flin. Yn gandryll, dallta, felly waeth i ti roi'r gorau i'r mwydro 'na. Ac i chdi ga'l gw'bod, mae'r petha Coventry 'na wedi ffonio i ddeud y byddan nhw yma ar yr ugeinfed o Ragfyr ac yn gofyn, 'If iw wd bî so ceind as tŵ mît us at Sŵn-i-Môr. Wî wil arênj for ddy solisitor tŵ bî ddêr widd ddy cî.' Goriad ma'n nhw'n ei olygu wrth gwrs. Nid y blydi 'sglyfath anifail 'na.'

'Lle mae Rob Roy?'

'Yn ei fasgiad. Diolch i Dduw, tydi o ddim wedi cael y bib heddiw. Dwi wedi cael llond bol llnau ar ei ôl o. Wn i ddim pam mae Sali wedi'i hanner addoli o. Dyna chdi un peth y bydda i'n falch o'i weld yn mynd i Coventry.'

Ochneidiodd Ifan am y trydydd tro o fewn cwta chwarter awr.

'Yli, May, waeth i ti heb. Ewyllys ydi ewyllys ac alla' i ddim mynd yn groes i'r drefn gyfreithiol. Allwn i ddim byw efo fy hun. 'Sgen i mo'r help. Fel'na ydw i.'

Trodd May ei phen oddi wrth y teledu ac eistedd yn syth i fyny yn ei chadair.

'Dy weld ti'n rhoi'r ffidil yn y to heb drio dwi. Methu deall pam dy fod ti'n fodlon gweld dy etifeddiaeth, petha oedd yn rhan o dy blentyndod, yn cael eu cludo dros Glawdd Offa i gartrefi pobl fydd yn gwybod affliw o ddim am eu hanes nhw, na dy hanes di, ac yn sicr yn gwybod *B* all am ymdrechion dy daid i ddod â phetha adra o ben draw'r byd, i'w deulu – a neb arall – gael eu mwynhau.'

'Dwi'n gwbod, dwi'n gwbod. Ti'n meddwl mod i isio gweld pobl ddiarth yn elwa fel hyn? A ninna – wel, chdi yn enwedig – wedi gofalu am Anti Sali yn ei dyddia ola? Ti'n meddwl mod i'n licio meddwl am lunia'r teulu yn cael eu stwffio i ddrôr mewn *semi* yn Coventry gan bobl heb ddim syniad am hanesion y rhai sydd ynddyn nhw? Hynna sy'n torri nghalon i fwya. Meddwl am y llunia yn mynd i estroniaid.'

Synhwyrodd May mai taw oedd piau hi. Cerddodd Ifan at y tân, gafaelodd yn ei bapur ac eistedd i lawr gan edrych fel 'tai am fwrw ati i'w ddarllen. Gwyddai May, fodd bynnag, ei fod yn tawel dorri'i galon.

'A' i ati i godi bwyd i ni. Iau a nionod. Mae o bron yn barod.'

Gwthiodd ei thraed i'w slipars, cododd a mynd am y gegin gefn.

Roedd ei hymennydd a'i thymer yn berwi. Blydi Anti Kate yn gadael popeth i'w hunig frawd. Blydi Yncl Harri yn marw fel roedd o wedi byw, yn ddi-hid ac yn ddiewyllys. A blydi

Anti Sali, ei wraig, yr ast, y gnawes, yn gadael y cyfan i ryw berthnasau pell na fu ar ei chyfyl hi erioed ond ofalodd eu bod nhw'n codi'r ffôn o Coventry yn gyson ar ôl cael gwybod ei bod hi ar ei gwely angau.

Bwriodd ei llid a'i thymer wrth stwnshio'r tatws a'r rwdan ac erbyn i'r stwnsh fod yn llyfn roedd y storm wedi tawelu. Ond wrth i'r ddau fwyta'u swper bob ochr i'r bwrdd yn y gegin fach roedd yr awyrgylch yn Angorfa yn dal yn drymaidd.

Y bore wedyn aeth Ifan i'w waith yn fuan. Doedd yna fawr o Gymraeg rhyngddo a May o hyd ac roedd o eisiau gorffen arch William Thomas yn go handi.

Ar ôl gorffen glanhau a thwtio, a symud ambell linyn o dinsel hwnt ac yma i ddim pwrpas, dringodd May y grisiau tuag at y cwpwrdd dillad. Roedd Llinos wedi ffonio'r noson cynt yn holi a oedd gan ei mam ryw hen goban gotwm y gallai Heledd ei gwisgo i chwarae rhan Gabriel yn nrama Geni ysgol Sul Jerwsalem. Doedd dim angen y goban am ryw wythnos neu ddwy arall ond roedd May eisiau dianc ac eisiau llonydd, a pha le gwell oedd 'na i gyflawni'r naill a chael y llall na'r cwpwrdd dillad.

Roedd o'n glamp o gwpwrdd, wedi'i adeiladu gan Ifan yn rhan o do Angorfa oedd yn rhy fach i fod yn ystafell wely. Nid dyma'r tro cyntaf i May fynd yno i chwilio am gysur. Gafaelodd yn y bachyn oedd yn hongian ar y wal i'r dde o ddrws yr ystafell ymolchi a thynnu'r ysgol, a arweiniai i'r nefoedd a oedd yn gwpwrdd, i lawr o'r nenfwd. Dringodd yr ysgol, a hyd yn oed cyn iddi gyrraedd y pen, gallai ogleuo'r arogl glân oedd yn codi o'r holl ddillad a'r tywelion a'r dillad gwely oedd wedi'u gosod yn daclus ar y silffoedd.

Camodd oddi ar yr ysgol a tharo'r swits golau. Roedd y cwpwrdd yn gynnes glyd wrth i wres y tŷ godi a chael ei ddal yno. Roedd mymryn o arogl lafant yn codi o'r bagiau oedd yn llechu ym mhlygion y dillad. Eisteddodd ar ganol y sgwaryn o lawr gan anadlu'n ddwfn a thaflu'i llygaid o amgylch y silffoedd.

Roedd y llieiniau a'r dillad yno yn llawn atgofion. Yn union o'i blaen roedd y flanced binc brynwyd iddi o Felin Wlân Bryncir gan ei mam ar enedigaeth Llinos – a'r un las brynwyd iddi ar ôl geni Bedwyr dair blynedd yn ddi-weddarach. Ar ben y rhain, mewn papur tisw, gwyddai fod y cotiau *matinee* gafodd eu gwau i'r plant gan fam Ifan a'r *pinafore dress* goch y gwnaeth hi ei hun ei gwnïo ar gyfer Heledd.

I'r dde o'r pethau plant, roedd yr holl lieiniau gafodd yn anrhegion priodas dros ddeng mlynedd ar hugain yn ôl bellach. Yn gorwedd yn daclus yno roedd y napcynau gafodd gan Yncl Gwilym ac Anti Madge, y lliain bwrdd gafodd gan Michael ei brawd a'r casys gobennydd cotwm gafodd gan Mrs Rhisiart Roberts, a'r cyfan yn dal heb ei ddefnyddio. Roedden nhw'n llawer rhy grand i'w defnyddio pan oedd y plant yn fach ac erbyn hyn ni feiddiai gael gwared â nhw – buasai hynny wedi bod yn anniolchgar.

Yn union ar draws y ffordd i'r rhain roedd dillad haf May ac Ifan. Roedd May yn mwynhau'r ddefod dymhorol o olchi a chadw dillad. Arferai osod y cyfan yn ddestlus ar gyfer yr haf neu'r gaeaf nesaf a thaenu ambell flocyn bychan o goed cedrwydd hwnt ac yma i gadw'r gwyfynod dillad draw. Roedd mynd i mofyn y dillad gaeaf neu'r dillad haf wedyn yn brofiad pleserus wrth iddi roi ei llaw ar ryw ddilledyn yr oedd wedi llwyr anghofio amdano. Roedd hyn yn rhoi cystal pleser iddi â mynd i siopa am ddillad newydd.

Trawodd ei llygaid ar gornel bellaf y cwpwrdd. Yno roedd hen ddillad y teulu. Wyddai hi ddim pam gebyst ei bod wedi cadw'r rhain ond weithiau, pan oedd ar ei phen ei hun, estynnai grysbas ei thaid at ei thrwyn gan anadlu'n ddwfn

er mwyn drachtio'r mymryn lleiaf o arogl sigaréts Woo.
oedd yn parhau i lynu wrth yr edafedd a'i dwyn yn ôl trw,
degawdau i'r cyfnod pan oedd papur deg swllt coch yr
ddigon i brynu anrhegion Dolig i bawb o siop y gornel.
Gwenodd wrth gofio nad oedd erioed wedi croesi meddwl
Mrs Hughes bryd hynny i wrthod gwerthu baco a Woodbines
iddi ar gyfer y ddau daid a Will's Whiffs ar gyfer ei thad, a
hithau ond yn ddeng mlwydd oed.

Ailblygodd y crysbas a'i roi yn ôl ar y silff. Roedd y
cobanau cotwm, hir i'r chwith o ddillad ei thaid. Gafaelodd yn
un gan daro'i llaw yn sydyn yn erbyn rhyw ddilledyn
sidanaidd. Chwarddodd yn uchel ac yn harti.

'Wel ar fy ngwir – blwmars Nain! May Elisabeth Hughes,
pam yn y byd dy fod ti wedi cadw'r rhain?'

Cododd y blwmars o'u plyg a'u dal i fyny at y golau. Er eu
bod yn teimlo'n sidanaidd, gwelai May yn glir eu bod wedi'u
gwneud o ryw neilon trwchus a'u bod yn cyrraedd hyd at y
pen-glin. Roedd yna lastig ar waelod pob coes ac o amgylch
y canol, a chofiodd fel y byddai arni gywilydd mawr wrth
gerdded heibio i ardd ei Nain ar ei ffordd i'r stryd fawr gyda'i
ffrindiau a'u gweld yn un rhes yn chwifio fel hwyliau yn y
gwynt ar y lein ddillad.

Cythraul o gymêr oedd Nain, meddyliodd May. Os oedd ei
phlant neu'i hwyrion yn cambihafio, arferai eu bygwth trwy
ddweud ei bod am dynnu ei sgert a dod ar eu holau yn ei
blwmars os nad oedden nhw'n ufuddhau i ba bynnag
orchymyn. Unwaith yn unig y gwnaeth hi hyn erioed, mae'n
debyg, sef pan wnaeth Yncl Gwilym, brawd ei mam, wrthod
dod adref o'r cae chwarae mewn pryd i gael ei swper.

"Sgwn i be fasa hi'n feddwl o hanes a thrugareddau ei theulu
yn cael cartre newydd yn Coventry?' gofynnodd yn uchel iddi
hi ei hun.

yna, a hithau ar ei heistedd yng nghlydwch y cwpwrdd ...ad, ynghanol arogl y dillad glân, y lafant a'r blociau coed cedrwydd, trawodd ar chwip o syniad. Gafaelodd yn un o'r cobanau cotwm ar gyfer Heledd a'r blwmars ar ei chyfer hi ei hun ac aeth i lawr yr ysgol ac i'w hystafell wely.

Taflodd y goban ar y gwely a chodi ei sgert. Yna, yn araf deg bach, gan ryfeddu at ei hyfdra a hanner disgwyl gweld ysbryd ei Nain yn dod trwy'r drws tuag ati, gwisgodd y blwmars am ben ei dillad isaf, gollyngodd ei sgert a throdd at y drych. Roedd yn edrych yn berffaith normal. Doedd dim modfedd o'r blwmars i'w gweld o dan ei sgert ac roedd honno'n gorwedd yn llyfn dros yr holl neilon.

Yn union fel yr arferai Bedwyr ei wneud ar ôl sgorio gôl i dîm y pentref, estynnodd May ei dwrn uwch ei phen a thynnu ei braich i lawr yn sydyn tra'n hisian '*Yessssssss*' trwy'i dannedd.

Tynnodd y blwmars, eu plygu a'u stwffio i ben draw ei drôr dillad isaf. Yna aeth i lawr y grisiau a chyflawni ei gwaith a'i dyletswyddau weddill y dydd dan fwmian ganu carolau.

Doedd Ifan Hughes ddim yn edrych ymlaen at ddod adref y noson honno. Roedd o wedi cael hen lond bol ar y ffraeo a'r poeni am ewyllys Anti Sali. Cafodd ei siomi'r ochr orau, beth bynnag, pan ddaeth i'r tŷ a gweld May yn wên o glust i glust, a stêc a *chips* ar y bwrdd ar ei gyfer.

Chafodd yr ewyllys mo'i thrafod o hynny hyd yr ugeinfed o Ragfyr, er mawr syndod i Ifan. Er ei fod wedi'i synnu gan y ffaith fod May wedi rhoi'r gorau i hefru am y peth, penderfynodd mai calla' dawo gan ddiolch i Dduw fod cymaint i'w wraig ei wneud erbyn y Dolig.

Roedd Ifan wedi trefnu i gael diwrnod o'r gwaith er mwyn bod efo May yn Sŵn-y-Môr ar gyfer cyfarfod y 'petha Coventry'. Roedd Simon Griffiths, y twrnai, am fod yno hefyd i sicrhau bod popeth yn digwydd yn ôl dymuniad y ddiweddar Sally Hughes. Roedd y tri yno'n brydlon ge[...] ffrynt am hanner dydd pan gyrhaeddodd fan fawr Ren[...] Removals of Coventry, gan groesawu Mr a Mrs Armitage ryw[...] hanner awr yn ddiweddarach mewn beic modur a *sidecar*.

'Sut ddiawl maen nhw am fynd â Rob Roy efo nhw mewn *sidecar*?' meddai Ifan dan ei wynt wrth May.

'Tydi o affliw o ots gen i. Mae o wedi cael ei ginio, beth bynnag, ac os oes yna Dduw yna mi gachith yn y *sidecar* rywle tua Thrawsfynydd.'

'Mr and Mrs Hughes! Good to meet you at last, even if it is under such sad, sad circumstances. I'm Wilf Armitage and this is my lady wife, Mary. Thank you so much for looking after Auntie Sally for us. Much appreciated.'

Cyflwynodd Simon Griffiths ei hun a chafodd hwnnw yr un croeso a gwerthfawrogiad o'i waith trylwyr a theg yn trefnu bod yr ewyllys yn cael ei gweithredu. Rhoddodd y goriad i Mr Armitage ac fe allai May dyngu ei bod yn gweld dŵr glas yn dod o ddannedd y ddau wrth iddyn nhw agor y drws a gweld maint eu hetifeddiaeth am y tro cyntaf.

Roedd ei thymer yn dechrau codi pan glywodd Simon Griffiths yn galw ar ei gŵr.

'Mr Hughes, ydi'r bil gennych chi? Mi ro' i o i Mr Armitage. Alla' i eich sicrhau chi na fydd yna unrhyw drafferth ynglŷn â thalu cyn i ni orffen ymdrin â stad y ddiweddar Sally Hughes, ond gorau oll i Mr Armitage gael gwybod amdano rŵan.'

Aeth Ifan Hughes i'w boced, estyn amlen hir frown allan a'i rhoi i Simon Griffiths. Diflannodd hwnnw i'r tŷ at bobl Coventry.

'Pa fil? Be sy yn yr amlen?' meddai May gan droi at ei gŵr, oedd erbyn hyn yn sefyll yn hunanfodlon yn yr ystafell ffrynt.

...do gael cyfle i ateb daeth Wilf Armitage ato a golwg ...yn llai bodlon arno'r tro yma.

'Mr Hughes. Mr Griffiths has presented me with your bill for ministering to Aunt Sally. I must say I was not expecting it especially as you are, were, family.'

'Quite, Mr Armitage. As family, my wife and I were also not expecting to be completely left out of Anti Sali's will. However, I am sure that Mr Griffiths has explained to you that her estate is duty bound to pay what is due.'

Gwenodd Mr Armitage yn ffals. Roedd May yn sefyll yn gegrwth yn edrych ar ei gŵr oedd yn siglo yn ôl ac ymlaen ar ei sodlau a'i fodiau ym mhoced ei gôt waith. Gwnaeth siâp ceg o'r cwestiwn 'Faint?'

Gwnaeth Ifan siâp ceg 'Dwy fil' yn ôl dan wenu.

Tynnodd May ei hun at ei gilydd a chyn i neb gael cyfle i ddweud dim arall gafaelodd yn dyner ond yn gadarn ym mhenelin Wilf Armitage a'i dywys tua'r grisiau.

'Mr Armitage, it's getting late. I can hear the removal men and your wife clearing upstairs. You'll be wanting to get back to Coventry. What say you if you start on the kitchen and I'll clear the drawers in the parlour.'

Datganiad oedd hwn, nid cwestiwn, ac ymhen teirawr roedd popeth gwerth ei gael yn Sŵn-y-Môr yn fan Renton Removals, Mr Armitage ar gefn y beic modur a Mrs Armitage a Rob Roy yn y *sidecar*.

'Tyrd,' meddai Ifan gan roi ei fraich am May. 'Dwi'n mynd â chdi am *bar meal* i'r Lion.'

Sylwodd Ifan fod ei wraig yn hercian rhyw fymryn wrth iddyn nhw gerdded ar hyd y stryd am y dafarn. Ond roedd hi'n gwenu ac yn dawel, felly ddywedodd o ddim.

Diwrnod clir ac oer oedd diwrnod Dolig y flwyddyn honno. Roedd Bedwyr a Llinos wedi penderfynu aros adref efo'u teuluoedd ac felly roedd Ifan a May ar eu pen eu hunain am y tro cyntaf ers degawdau ac yn eithaf balch o fod felly. Roedd y cyfnod rhwng ffarwelio efo'r 'petha Coventry' a'r diwrnod mawr wedi bod yn un dedwydd tu hwnt.

Roedd arogl pîn yn llenwi Angorfa ers deuddydd ar ôl i May brynu coeden Nadolig fytholwyrdd fechan mewn potyn a'i rhoi i sefyll ar y bwrdd o dan y ffenestr. Yn y gegin fach yr oedden nhw am fwyta'u cinio ond cyn dechrau arno penderfynodd y ddau agor eu hanrhegion dros gan o gwrw a gwydraid o *advocaat* o flaen y tân.

Agorwyd parseli'r plant a'r wyrion ac fe gafodd Ifan ei blesio'n arw efo'r croeso gafodd y slipars. Yna, dyma May yn rhoi clamp o anrheg feddal, sgwâr ar lin Ifan.

'Dyna chdi. Dolig llawen. A phaid â gwylltio.'

Datododd Ifan y parsel yn araf. Yno, wedi'u plygu'n daclus yr oedd blwmars neilon hen ffasiwn. Cododd y dilledyn mewn syndod a disgynnodd swp o luniau o'r plygion. Gwelodd lun ei fam a'i dad, ei daid a'i nain – ac Yncl Harri.

'Sut gebyst?' meddai.

'O'r *sideboard* yn y parlwr. Pan oedd Wilf yn y gegin, stwffish i nhw i lawr fy mlwmars – wel, i lawr blwmars Nain.'

Edrychodd Ifan arni mewn syndod. Yna gwenodd trwy'i ddagrau. Cododd, ac aeth i'r cefn.

Daeth yn ôl efo dau wydraid o *advocaat,* gan gyflwyno un i'w wraig a chodi'r llall.

'Diolch i chdi'r hen hogan. I Ddolig llawen iawn.'

'I Ddolig llawen,' atebodd May. 'A blwmars Nain!'

Y gwynt yn fain

Llyfais fy mysedd er mwyn manteisio ar bob briwsionyn o'r *Apfelstrudel*. Roedd sawr y sinamon yn cyd-fynd yn berffaith â blas hyfryd y coffi *Einspänner*. Ar ôl gorffen sychu fy ngweflau, roeddwn wedi adfywio, ac roedd y llethrau'n galw drachefn.

Er mod i wedi mentro ar wyliau sgio droeon o'r blaen, digon ansad oeddwn ar fy nhraed o hyd. Felly, penderfynais fwcio gwersi i ddechreuwyr unwaith eto er mwyn atgyfnerthu fy sgiliau. Byddai hynny hefyd yn rhoi rhwydd hynt i Alys a Gwydion fod yn annibynnol a gwneud fel y mynnent.

Ar ôl prynhawn chwyslyd yn ceisio plesio'r hyfforddwr, cefais ddigon ar wneud yr 'aradr eira' ac anelu fy ngolygon 'tua'r cymoedd'. Teimlwn fy mod yn haeddu hoe, ac er fy mod ar fy mhen fy hun mewn gwlad ddieithr, neidiais i mewn i un o'r cadeiriau codi gan esgyn yn uchel, uchel i fyny un o fynyddoedd uchaf y Tyrol. Roedd edrych dros fôr o fynyddoedd yn deimlad arallfydol. Gallwn glywed bwrlwm y ganolfan sgio'n ymbellhau oddi tanaf. Yna, fel yr aem yn uwch, deuai sŵn cloch ambell fuwch o'r caeau islaw yn fwy amlwg. Wedi hynny, tawelwch llethol – lle i enaid gael llonydd go iawn. Roedd gennyf dwtsh o asthma, a gallai llefydd caeëdig fel hyn fy nychryn. Ond roedd ehangder y rhan hon o Awstria'n caniatáu digon o le i anadlu.

Wrth ddringo'n araf a breuddwydiol i fyny i'r copa, hedfanodd fy meddwl yn ôl i fynyddoedd Cymru. Teimlwn yn euog weithiau fy mod wedi dod mor bell ar wyliau. Dim ond wythnos ynghynt roedd fy mam yn gorwedd yn swrth ac yn llesg mewn ysbyty'n brwydro am ei hanadl. Ofnais y byddai'n rhaid i mi anghofio am y daith er mwyn mynd adref i ofalu amdani. Ond, chwarae teg i Aled, fy mrawd bach, sicrhaodd fi y byddai'n ymdopi. A twt, dim ond dwyawr i ffwrdd ydy siwrnai awyren o Lundain i Awstria y dyddiau hyn.

Dyn iach iawn fu Nhad erioed er iddo ysmygu deugain o Benson and Hedges y dydd. Trawiad gafodd o yn y diwedd, ac roedd yn fendith iddo gael mynd. Mae'n rhaid i mi gyfaddef na theimlais fawr o golled ar ei ôl. Aeth pum mlynedd heibio ers hynny. Wnaeth Nhad erioed dderbyn mai anadlu ei fwg ail-law o oedd y prif reswm dros afiechyd ysgeler Mam. Yn ei dyb o, 'anffodus' a 'chyd-ddigwyddiad' oedd hi fod Mam yn dioddef o emffysema ers ugain mlynedd. Gwaethygai'r anhwylder ar ei hysgyfaint efo pob pwl, ac roedd wedi cael niwmonia y tro hwn. Ond, diolch byth, roedd ei hysbryd yn uchel a'i dycnwch yn gryf, ac roedd wedi gwrthsefyll y digwyddiad anffodus diweddaraf unwaith eto. Anfonwyd hi adref o'r ysbyty ddiwrnod cyn i mi ddod ar fy ngwyliau, a diolch fod Aled yno i'w hymgeleddu. Gallwn innau wedyn ymlacio'n llwyr ar y llethrau.

'Mae gennyt ti dy fywyd a dy waith,' meddai Aled ryw dair blynedd yn ôl, wedi i mi gynnig dod adref o Lundain i ofalu am Mam. Rhyw gynnig dros ysgwydd oedd hwnnw a dweud y lleiaf. Byddai symud yn ôl i Gymru yn hunllef i mi. Byddai fel mynd yn ôl ganrif a mwy, efo pawb yn gwybod busnes pawb a'r gymdeithas yn rhygnu ymlaen gan din-droi o gwmpas y capel a'r neuadd bentre. Doedd gen i neb ond Aled a Mam yno bellach, a wyddwn i ddim pwy oedd eu cymdogion hyd yn oed. Onid oedd bywyd yn llawer mwy cyffrous yn y brifddinas, a neb yn busnesa ym mywydau pobl eraill?

Cefais flas ar fywyd bras Llundain ers dros bymtheng mlynedd, ac roedd gweithio yn y Ddinas yn berffaith. Er i mi gael ysgariad rai blynyddoedd ar ôl symud yno, roeddwn yn lwcus fy mod yn hoff o fy nghwmni fy hun. Doeddwn i ddim eisiau plant. Roedd magu ci yn llawer rhatach, a doedd o ddim yn ateb 'nôl. Ond Gerald gafodd y gair olaf – y cyn-ŵr oedd hwnnw, nid y ci. Roedd o wedi ffeindio dynes iau, fwy anturus, ac un fyddai'n planta iddo. Doeddwn i ddim yn or-hoff o anifeiliaid fwy nag oeddwn i'n hoff o blant a phobl hŷn, ac anghyfleustra a gwastraff amser oedd gorfod mynd ag anifail anwes allan i wneud ei fusnes. Felly, cafodd Gerald gadw'r ci, a chefais innau'r tŷ.

Roedd Aled, ar y llaw arall, yn fodlon ei fyd yn aros yn ei bentref genedigol. Ond efallai fy mod wedi mynd i ddibynnu gormod arno, ac nad oeddwn yn ei lawn werthfawrogi. Fo, ac nid fi, efallai, oedd fwyaf angen y gwyliau. Wedi'r cwbl, mi fûm i ar fordaith o gwmpas Môr y Canoldir rai misoedd yn ôl, a chefais benwythnos hir yn yr Eidal dros y Pasg. Ond dyna fo, dyn ei filltir sgwâr oedd fy mrawd – hogyn bochgoch, llond ei groen oedd yn gweithio'n galed fel labrwr. Doedd dim osgo chwilio am wraig arno chwaith, felly roedd cael ei fwydo a'i ddilladu gan ei fam yn ei siwtio yntau i'r dim. Roedd hithau'n sicrhau ei fod yn llyncu ei dabledi ac yn glanhau ei ddannedd bob nos! Na, doedd mam byth yn peidio â bod yn fam.

Wrth synfyfyrio am sefyllfa'r teulu adre, trodd fy sylw at yr eira a ddisgynnai'n dawel a digynnwrf ar gopa Hohe Salve. Afiechyd felly ydy emffysema, meddyliais, yn difrodi'r ysgyfaint yn araf bach, bach. Erbyn y diwedd, mae fel lluwch yn cau amdanoch; mae'n eich mygu gan achosi difrod difrifol a gadael olion duon, budron ar ei ôl.

Roedd yr olygfa o'r brig yn un i ryfeddu ati, gyda chopaon y mynyddoedd yn toddi'n glaerwyn i mewn i gymylau eira. Er bod y gwynt yn fain, roedd paned yn y *café* yn rhoi cyfle i gynhesu a gweld y byd yn mynd heibio. Edmygai pawb y bobl anturus oedd yn paragleidio fel barcutiaid gosgeiddig uwch ein pennau. Teimlwn innau'n genfigennus iawn o'r rheiny oedd yn sgio'n rhwydd a dibryder i lawr y llethrau islaw. Ond hyderwn y byddwn yn gallu llithro fel slywen fy hun erbyn diwedd yr wythnos!

Ar ôl gorffen fy lluniaeth, dechreuais ailwisgo fy nillad yn barod am rediad ola'r dydd i lawr yn y dyffryn. Edrychais ar fy ffôn bach i weld faint o'r gloch oedd hi. Roedd gen i un *missed call* . . . Atgoffodd hynny fi y dylwn ffonio adre i holi sut roedd Mam. Ond, doedd dim cyfle. Mae'n siŵr mai Alys a Gwydion oedd wedi ceisio cysylltu efo fi i holi sut hwyl roeddwn yn ei chael. Byddwn yn eu gweld hwythau o fewn yr awr, felly doedd dim pwynt ffonio 'nôl. Erbyn saith o'r gloch, byddem yn barod ar gyfer ail swper y gwyliau. *Speckknödel,* sef twmplen a bacwn nodweddiadol o'r Tyrol, oedd ar y fwydlen – â dau neu dri *schnaps* yn ei lygad, mae'n siŵr. Dim ond noson arall, a byddem i gyd yn dathlu'r Nadolig yn y dull Awstriaidd. Dylai fod yn Ŵyl i'w chofio!

Wedi cyrraedd y gwaelodion a chael un cyfle arall ar y llethr, penderfynais fynd yn ôl i'r gwesty i gael cawod. Roedd y dderbynfa'n fôr o flodau i groesawu'r Nadolig. Rhosod cochion a lilis gwynion oedd mewn un ffiol. Mae'n rhaid nad oedd y rheiny'n arwydd o anlwc yn y wlad hon, meddyliais. Ar hynny, cyrhaeddodd Alys a Gwydion, ac edrychent fel y pâr priod perffaith.

'Sut ddiwrnod?' holais.

'Arbennig,' atebodd Gwydion, â'i fochau'n fflamgoch ar ôl diwrnod arall o haul a gwynt. 'Wedi meistroli'r llethrau cochion o'r diwedd. Mi fyddwn wedi concro'r rhai duon erbyn diwedd y gwyliau.'

Bûm yn lwcus iawn o gwmni Alys a'i gŵr ers dyddiau coleg. Wnaeth neb ond nhw gadw cysylltiad â mi. Er mai yng Nghaerdydd roedden nhw a'u plant yn byw, roeddent wedi dod i Lundain i fy ngweld o leiaf ddwywaith y flwyddyn er pan oedd y plant yn fach. Efallai mai lloches a chyfleustra oedd cael aros yn fy nhŷ, a'i fod yn gyfleus i fynd i'r theatr a'r atyniadau eraill. Roedd y plant bellach yn ddigon hen i edrych ar ôl eu hunain, felly anfynych fydden nhw'n dod ataf bellach. O leiaf, roedd y tripiau sgio'n gyfle i ni weld ein gilydd ac i minnau ddal i fyny efo'r newyddion o Gymru. Wrth fynd dramor fel hyn, Gwydion fyddai bob amser yn bwcio, a byddai Alys wastad yn dewis hedfan o faes awyr ger Llundain. Roedd hynny, meddai, yn agos i mi, a doedd o ddim yn rhy bell iddyn nhw yrru.

Bu'r tri ohonom yn siarad am bob dim dan haul uwchben ein pryd bwyd, ond tueddai Alys a Gwydion i gymysgu mwy na mi efo'r sgiwyr eraill. Welwn i ddim pwynt mewn sgwrsio efo pobl na fyddwn byth yn eu gweld eto. Byddai'n well gennyf sipian fy niod ar fy mhen fy hun mewn cornel na gwrando ar ambell i gymeriad diflas yn traethu am ei fywyd anniddorol.

Fel rhan o'r arlwy, roedd y cwmni teithio wedi trefnu i ni glywed cerddoriaeth a gweld dawnsio traddodiadol ar ddiwedd y noson. Digon hen ffasiwn a dibwrpas oedd hynny hefyd, yn fy marn i. Hen draddodiadau wedi marw oedden nhw, felly pam ceisio'u hatgyfodi ar gyfer ymwelwyr? Pan edrychais i weld faint o'r gloch oedd hi ar fy ffôn poced, roedd gen i *missed call* arall.

'Ti sydd wedi trio fy ffonio i ddwywaith heddiw?' holais Alys. Ond na oedd yr ateb.

'Dydw i ddim isio codi bwganod,' meddai Alys yn ddoeth, 'ond wyt ti'n siŵr fod dy fam yn iawn adre?'

Doeddwn i ddim wedi meddwl cysylltu ynghanol bwrlwm y dydd ar y *piste*. Siawns y byddai pwy bynnag oedd yn galw wedi ffonio fwy na dwywaith os oedd y neges yn bwysig.

'Mi ffonia i nhw cyn mynd i'r gwely heno,' meddwn. 'Mi fydde Aled wedi anfon neges destun petai rhywbeth yn bod.'

'Gobeithio, wir. Wnest ti adael enw'r gwesty neu drefnwyr y daith iddo fo?'

Roedd Alys yn amlwg yn poeni mwy na fi amdanynt.

'Naddo. 'Nes i ddim meddwl,' meddwn yn ddigon di-ffrwt. 'Ta waeth, gadewch i ni fwynhau. *Schnaps* bach arall?'

Aeth un yn ddau a dau yn dri, ac erbyn un ar ddeg, roeddwn wedi yfed aml i ddwbl ac yn gweld dwbl erbyn hynny hefyd. Es am fy ngwely'n simsan. Roedd angen codi'n gynnar yn y bore i fynd ar daith bleser, cyn dod yn ôl i gael sgio ddiwedd y prynhawn.

Codais i gael brecwast yn ddigon didrafferth, ond roedd fy mhen fel bwced a'r gnocell y coed yn pwnio'n ddidrugaredd.

'Sut oedd dy fam?' holodd Alys yn llawn consýrn unwaith eto.

'Ym ... roedd y llinell yn brysur,' meddwn wrth lyncu tabledi cur pen a meddwl bod Alys wedi llyncu fy stori innau. 'Mi dria i eto ar ôl cyrraedd Salzburg. Mae Mam yn licio cerddoriaeth Mozart...'

Caeais fy ngheg. Roeddwn yn dechrau siarad ar fy nghyfer.

Roedd godidowgrwydd dinas Salzburg yn ddiarhebol. Roedd cymaint i'w weld yno – nid yn unig y neuaddau gorwych lle bu'r cyfansoddwyr mawrion yn perfformio, ond hefyd y farchnad Nadolig a llwyth o leoliadau lle ffilmiwyd rhannau o'r ffilm *The Sound of Music*. Roeddwn yn fy elfen, ac, fel Julie Andrews, roeddwn ar ben y byd. Tynnwyd fi o fy myd hud a lledrith gan lais arweinydd y daith yn cyhoeddi bod y bws yn gadael o fewn deng munud. O! Doedd tair awr ddim hanner digon o amser yno.

"Nes i fwynhau'r ymweliad yn fawr," meddai Gwydion 'nôl ar y bws. 'Mor addysgiadol. Dwi'n edrych ymlaen at fynd i Oberndorf rŵan.'

Roedd o'n swnio'n rêl athro hollwybodus.

'A finne,' ategodd Alys. 'Mae rhywun wedi canu cymaint ar y garol, yn tydi?'

'Pwy ydi Carol?' holais yn hanner gwrando. Wyddwn i ddim am be roedden nhw'n sôn.

'Fanno gafodd y garol "Dawel Nos" ei pherfformio gynta' yn y bedwaredd ganrif ar bymtheg,' meddai Gwydion, gan synnu nad oeddwn yn gwybod. Ond doeddwn i ddim yn teimlo fel gwers hanes, diolch yn fawr, felly caeais fy llygaid gan esgus gorffwyso.

Tynnwyd fi allan o'm synfyfyrio gan lais holgar Alys unwaith eto.

'Dwi'n cymryd bod pob dim yn iawn adre?'

Ac wrth estyn am fy ffôn bach mewn cywilydd, gorfu i mi gyfaddef unwaith eto i mi anghofio cysylltu efo'r teulu.

'Reit,' meddwn yn benderfynol. 'Dwi am ffonio rŵan, gan eich bod chi yma'n dystion i mi, neu mi fyddwch yn dweud mod i'n anobeithiol. Gobeithio bydd signal yma.'

Deialais y cod rhyngwladol a'r rhif ac aros i'r ffôn ganu. Doedd dim ateb. Rhyfedd hefyd, meddyliais. Fydd Mam byth yn mynd allan ddau ddiwrnod cyn y Nadolig fel arfer. Ac roedd Aled i fod i weithio tan Noswyl Nadolig. Doedd y peiriant ateb ddim ymlaen chwaith, felly fedrwn i ddim gadael neges. Od oedd hynny hefyd, gan fod Aled yn dibynnu arno i gael gwaith.

'Neb yn y tŷ,' meddwn wrth fy nghyfeillion. 'Arwydd da.

Mae'n rhaid bod Aled wedi mynd â Mam am dro i rannu anrhegion.'

Roedd yr arddangosfa a'r adeilad lle canwyd 'Dawel Nos' gyntaf erioed yn werth eu gweld, ond doedd fawr o ddim byd arall i'n cadw yno. Felly, yn ôl â ni i Hopfgarten am ddwy awr o sgio cyn iddi nosi. Aeth Alys a Gwydion ar y llethrau cochion, ond sticio at y rhai glas yn y gwaelodion wnes i efo'r plant a'r dechreuwyr.

Wedi i ni gyrraedd yn ôl i'r gwesty, roedd fy nhraed yn swigod i gyd ar ôl yr holl gerdded. Tynnais yr esgidiau newydd roeddwn wedi'u prynu ar gyfer y trip, a'u gosod ar y bwrdd. Ddyliwn i ddim bod wedi gwneud hynny chwaith, meddyliais, rhag ofn i mi demtio ffawd.

Wnes i ddim yfed cymaint y noson honno. Byddai yfory'n ddiwrnod caled arall o sgio, ac mae'n debyg fod dathliadau Noswyl Nadolig bob amser yn wyllt yn Awstria.

Wrth orwedd yn fy ngwely, aeth pethau annifyr drwy fy meddwl. Oedd Alys yn meddwl fy mod i'n berson anystyriol? A ddylwn fod wedi dod ar y daith yn y lle cyntaf? Fel yr unig ferch, mae'n debyg ei bod hi'n meddwl y dylwn fod wedi aros adre i ofalu am Mam, a gwneud yn siŵr ei bod hi ac Aled yn cael cwmni dros y Nadolig.

Rhwng cwsg ac effro, daeth geiriau fy mam yn ôl i brocio fy nghydwybod. 'Sglyfaeth o salwch ydi o.' Oedd, roedd yn anodd gweld eich mam eich hun yn mygu wrth ymladd am ei gwynt. Er bod peipiau'n cario ocsigen drwy ei thrwyn i'w hysgyfaint, roedd y rheiny'n ei gwneud hi'n anodd iddi besychu a chael y fflem i fyny. Roedd wedi colli pwysau dros y blynyddoedd hefyd, a doedd ganddi fawr o archwaeth bwyd. Ond roedd hi'n wydn fel gwadn esgid. Mae'n siŵr fod y greadures wedi meddwl ryw ddydd y byddwn innau, fel y plentyn hynaf, wedi aros adre i ofalu amdani. Ond roeddwn i'n fwy na pharod i adael cartre er pan oeddwn yn fy arddegau cynnar. Teimlwn ryw bellter yn agwedd fy rhieni tuag ataf yn gynnar iawn yn fy oes. Clywais nhw'n dweud fwy nag unwaith eu bod yn siomedig mai hogan gawson nhw fel eu plentyn cyntafanedig. Gallwn synhwyro'r pellter yn ymddygiad fy nhad tuag ataf ar hyd y blynyddoedd. Yn draddodiadol, onid oedd tadau i fod yn nes at eu merched? Wedi dyfodiad Aled, gwyddwn yn iawn mai fo oedd cannwyll llygad ei dad, a'i fod yn ochri efo fo bob tro mewn dadl neu drafodaeth. Fo yn bendifaddau oedd y cyw melyn difrycheulyd olaf, ac erbyn cyrraedd oed coleg, roedd hi'n hen bryd i ferch afradlon fel fi fynd oddi cartre!

Wrth feddwl fel hyn am fy mhlentyndod, roedd y wawr yn torri'n araf dros y pentref cysglyd. Anesmwythais eto wrth glywed cri ddolefus tylluan frech yn y pellter, ac roedd cyfarthiad ambell gi yn swnio'n hollol sinistr. Estynnais am fy ffôn poced i weld faint o'r gloch oedd hi – tri o'r gloch. Ai rhagrybuddion o farwolaeth fy mam oedd yr holl bethau hyn oedd yn digwydd o'm cwmpas? Doeddwn i ddim yn credu yn ffenomenon goruwchnaturiol y *doppelgänger* fwy nag oeddwn yn credu yn ysbrydion y meirw! Roeddwn mor flinedig nes i mi daeru fy mod wedi gweld ysbryd fy mam fy hun yn yr ystafell. Ond roedd hi'n dal yn fyw – onid oedd?

Y bore cyn y Nadolig, codais yn gynhyrfus. Roeddwn fel plentyn bach yn aros am ymweliad Siôn Corn. Edrychais allan i weld trwch newydd o eira. Grêt, meddwn, wrth fy adlewyrchiad yn y drych. Byddai'n wych ar gyfer diwrnod llawn arall o sgio. Doeddwn i ddim am fwyta fy mrecwast yng nghwmni Alys a Gwydion y bore hwnnw. Roedd pawb angen brêc, a doedd hi ddim yn iach bod yng nghwmni rhywun yn rhy hir yn cael eich croesholi. Felly, archebais fwyd i'w weini yn fy ystafell.

'Brecwast yn Ystafell 13, plîs,' meddwn wrth y ferch ar ddesg y dderbynfa.

'No problem,' atebodd hithau mewn Saesneg bratiog. 'By the way – you are Gleniz Hughes, ya? Message for you to come to reception for nine o'clock. Pronto.'

Mae'n siŵr mai'r trefnwyr oedd am adael i ni i gyd wybod beth fyddai amserlen y dydd, meddyliais. Roedd mwy o ddathlu ar Noswyl Nadolig na'r Nadolig ei hun yn y rhan hon o'r byd, ac roeddwn yn edrych ymlaen at glywed y clychau, gweld y coed yn cael eu goleuo a gweiddi *Frohe Weihnachten* ar bawb.

Pan es i lawr i'r dderbynfa, doedd dim golwg o Alys a Gwydion. Mae'n rhaid eu bod yn cael bore bach hyfryd yn caru, meddyliais yn genfigennus. Doedd fawr o neb yn y dderbynfa, a dweud y gwir, oni bai am ddau berson mewn iwnifform yn edrych yn amheus arnaf. Y Polizei oedden nhw! Oedden nhw'n chwilio amdana i? Doeddwn i ddim wedi gwneud dim byd o'i le hyd y gwyddwn i. Fe wnes i feddwi un noson efallai, ond dyna'r cwbl.

'Hughes?' holodd y ferch, â'r awgrym lleiaf o wên. Nodiais. 'London live?' Doedd gan hon fawr mwy o Saesneg nag oedd gan y ferch ar y ddesg.

'Yes . . . well, and Wales,' meddwn er mwyn ceisio'i drysu. Doedd hi ddim yn mynd i fy nghyhuddo i ar gam ar chwarae bach.

'Dorozy Hughes – she your mam?'

O fy ngwlad, meddyliais.

'Yes. Is she alright?'

'Urgent message,' meddai'r dyn. 'You are needed home now! Flight from Innsbruck to Manchester in two hours. You then go Countess of Chester Hospital. We take you to airport now. Sorry.'

Bu bron i mi â llewygu. Oedden nhw wedi cael y person iawn? Sut gebyst oedd Aled wedi darganfod lle roeddwn i'n aros? Pam roedd plismyn y wlad wedi fy nôl? Lle roedd Alys a Gwydion pan oeddwn eu hangen fwyaf?

Wrth redeg i fyny'r grisiau i'm hystafell, roedd fy meddwl ar ffo. Mam druan. Mae'n rhaid ei bod wedi cael pwl arall a bod y niwmonia wedi bod yn ormod iddi. Roedd y greadures wedi colli'r dydd. A doeddwn innau ddim yno iddi. Pam na fyddai Aled wedi fy ffonio? Roedd fy rhif i'n bendant ganddo. Roeddem yn cysylltu â'n gilydd o leiaf ddwywaith y flwyddyn. Oedd o'n talu'n ôl i mi am fod mor ddi-feind efo'r teulu ar hyd y blynyddoedd, tybed?

Teflais bopeth i'r cês, a rhuthro o'r ystafell, gan gau'r drws yn glep. Es heibio Ystafell 17 gan obeithio y byddai Alys a Gwydion yno i mi dorri'r newyddion iddynt. Curais yn ysgafn rhag tarfu ar eu gweithgarwch. Doedd dim ateb. Curais yn uwch gan roi tro i'r bwlyn. Ond yn ofer. Mae'n rhaid eu bod wedi mynd i'r llethrau'n gynnar, meddyliais gan ddechrau crio fel babi. Ond doedd neb yno i'm cysuro, neb i grio ar eu hysgwyddau. Ceisiais eu ffonio, ond gallwn glywed y ffôn yn canu yn yr ystafell. Chwiliais yn fy mag llaw am bapur, ac ysgrifennais bwt blêr i egluro fy mod wedi cael neges frys i ddychwelyd adre. Roedd yn chwithig iawn ysgrifennu 'Mae Mam wedi marw'. Gallwn glywed Alys yn crechwenu ar Gwydion ac yn dweud, 'Ddudes i, yn do. Ddudes i na ddylai hi ddim fod wedi dod. Hen hogan hunanol fuodd hi erioed. Meddwl am neb na dim ond hi ei hun . . .'

Dydw i ddim yn cofio llawer am y daith i'r maes awyr. Wnes i ddim sylwi bod yr eira'n chwyrlïo a'r rhew'n achosi damweiniau ar y ffyrdd. Ffarweliais efo'r ddau heddwas y tu allan i'r adeilad, gan dderbyn y dogfennau perthnasol at y daith a diolch iddynt am eu trafferth.

Roeddwn i'n crynu y tu mewn a'r tu allan. Doedd y

tywydd yn poeni dim arnaf, ond roedd euogrwydd yn fy mwyta'n fyw. Pam na fyddwn wedi aros adre am unwaith i fod yn gefn i Aled ar adeg fel hyn? Pam nad oedd ei hunig ferch efo'i mam ar ei hawr dywyllaf? Ceisiais ffonio adre cyn i'r awyren gychwyn, ond doedd dim pwynt. Anfonais neges destun at Aled yn dweud 'Sori, Al. Mam druan. Fydda i adre i ti heno. xx'

Roedd yr awyren i fod i adael am un o'r gloch y prynhawn. Ond, wrth i mi fynd i'r lolfa ymadael, daeth neges i ddweud bod pob hediad wedi cael ei ohirio oherwydd bod y lanfa wedi rhewi. Byddai'n un o'r gloch fore Nadolig ar yr awyren nesa'n gadael. Agorodd y llifddorau eto. Beichiais wylo nes bod pawb yn edrych yn hurt arnaf. Daeth un o'r stiwardiaid ataf i'm cysuro. Wedi i mi egluro'r sefyllfa, bu'r swyddogion yn hynod o glên, a chefais orffwyso mewn cadair esmwyth mewn ystafell ar wahân i weddill y teithwyr. Fûm i erioed mor unig.

Anodd iawn oedd teithio mewn tacsi am bedwar o'r gloch ar fore Nadolig i ysbyty i adnabod corff eich mam. Roedd olion partïon y noson cynt a goleuadau yn dal mewn ambell dŷ yng nghyffiniau Caer. Teimlwn wedi ymlâdd wrth gyrraedd y dderbynfa, a'r cyfan fedrwn ei ddweud oedd 'My mother has passed away – Dorothy Hughes. I don't know where she is . . .'

Edrychodd y ferch yn syn arnaf. Doedd hi ddim eisiau gweithio ar fore Nadolig fwy nag oeddwn innau eisiau dod adref i dŷ galar ar Ŵyl y Geni.

Yn sydyn, ym mhen draw un o'r coridorau hirion, gwelais gysgod cyfarwydd oedd yn ymgorfforiad o fy mam. Roeddwn yn gweld ysbrydion eto. Wedi blino gormod i resymu ac i weld yn iawn oeddwn i. Ond, na! Mam oedd hi. Roedd yn cael ei gwthio mewn cadair olwyn gan un o'r nyrsys. Yna, aeth cri ddolefus drwy fêr fy esgyrn wrth i mi glywed ei llais cyfarwydd yn bloeddio â'i holl enaid, 'Gleeeenys!'

'Mam!' meddwn innau, gan redeg i'w chofleidio. 'Mam fach, rydech chi'n fyw! Be ydech chi'n ei neud yn y coridorau 'ma amser yma o'r bore?'

Fedrai Mam ddim ateb. Roedd hithau wedi ymlâdd. Ond nid ar ôl gwyliau sgio yn mwynhau ac yn meddwi fel fi. Nid ar ôl taith gyfforddus ar awyren yn cael ei bwydo a'i maldodi gan stiwardiaid clên. O, na. Roedd Mam newydd ddod o'r capel gorffwys.

'Fi ddylai fod wedi mynd, nid y fo . . . Fi ddylai fod wedi cael y strôc, nid fy mab fy hun . . . Fo oedd yr unig gwmni oedd genna i. Y gofalwr gorau welodd yr un fam erioed! Dydi bywyd ddim yn deg . . . Dydw inne ddim isio byw . . .'

Oeddwn i'n clywed yn iawn? Oedd Mam yn drysu neu o dan ddylanwad tabledi? Roedd edrychiad cydymdeimladol y nyrs yn atgyfnerthu'r ffeithiau. Suddodd fy nghalon, a theimlais ergyd fy mam i'r byw. Roedd cael Alys yn fy amau o fod yn eneth anystyriol yn un peth, ond rŵan, roedd wedi dod o enau fy mam fy hun.

Ceisiais gysuro a chofleidio'r wraig fechan, eiddil oedd yn torri ei chalon o fy mlaen. Ond, roedd y pellter a'r oerni oedd rhwng y ddwy ohonom yn cadarnhau person mor arwynebol a hunanol fues i – ei hunig ferch – erioed.

A bellach, roeddwn wedi methu fel yr unig chwaer hefyd.